転生したら兵士だった?!

~赤い死神と呼ばれた男

tensei shitara heishi dattal!
akai shinigami to
yobareta otoko

3

あらすじ

ソーナリスの兄の第２王子のヘンリーが反乱を起こすが、間一髪パトリックが鎮圧。

さらに反乱軍のレイブン侯爵を追って侯爵領へと侵入し、これを打ち破る。

パトリックは自分を攻撃しようとするスタイン男爵も返り討ちにし、
着々とその地位をあげていき、ついに辺境伯にまで登りつめた。

パトリックの同僚のウェインはサイモン侯爵の長女と結婚。

パトリックもようやくソーナリスと結婚式を挙げるのだが、実はソーナリスも転生者だった。

さらに前世でパトリックとすでに出会っていたことがわかった。

人物紹介

パトリック・リグスビー……普段は全く目立たない地味な男だが、戦場では残酷な拷問もいとわない。その残虐性でメンタル王国軍で頭角を現し、スネークス辺境伯になる。

ウェイン・キンブル……王国軍でパトリックの同僚。長身でハンサム。

ソーナリス・メンタル……王女。パトリックの婚約者。パトリックと同じ転生者。

ぴーちゃん……パトリックがペットとして飼っている巨大なヘビ。

tensei shitara heishi datta?!

akai shinigami to
yobareta otoko

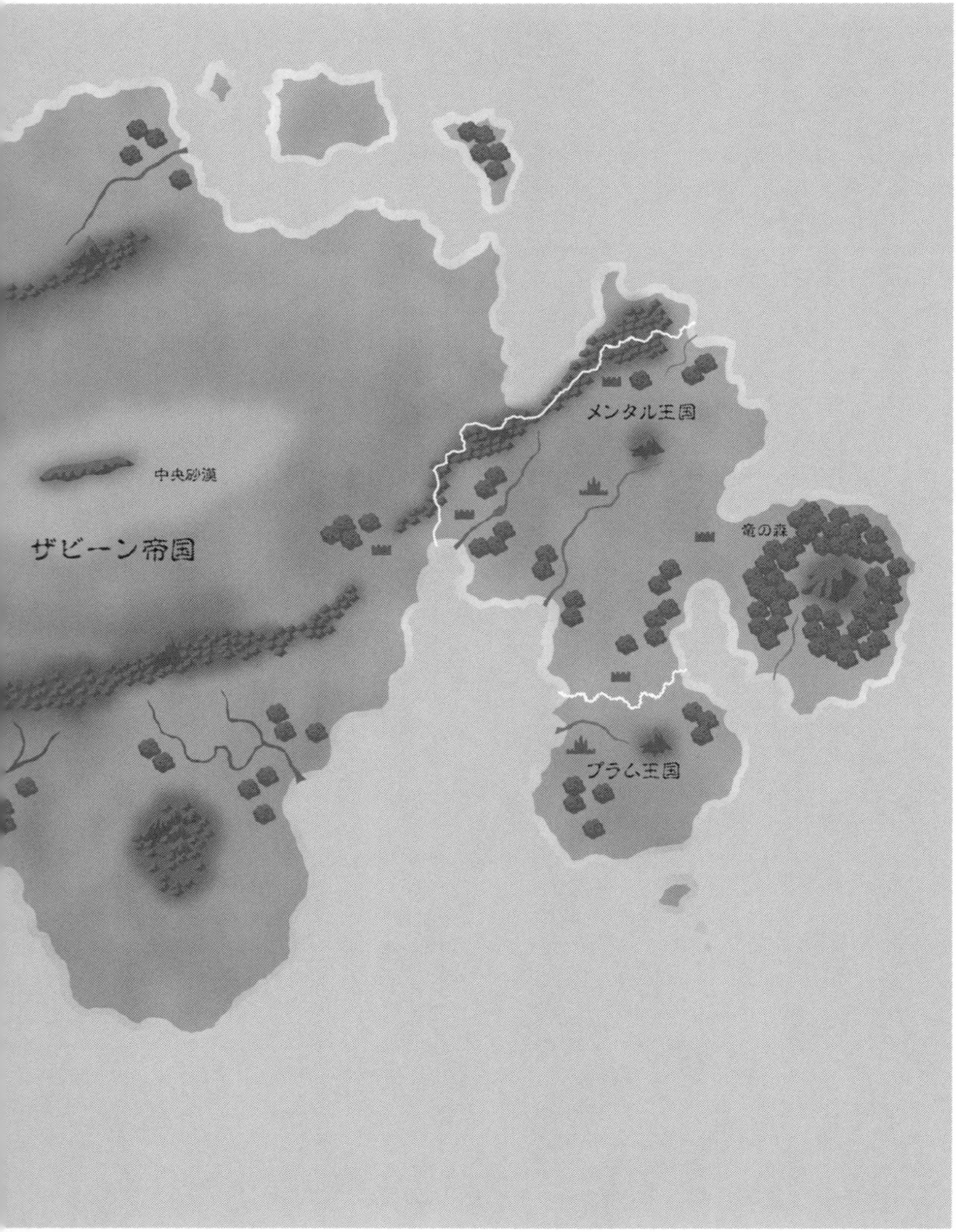

地図製作：安達誠美

メンタル王国およびその周辺国map

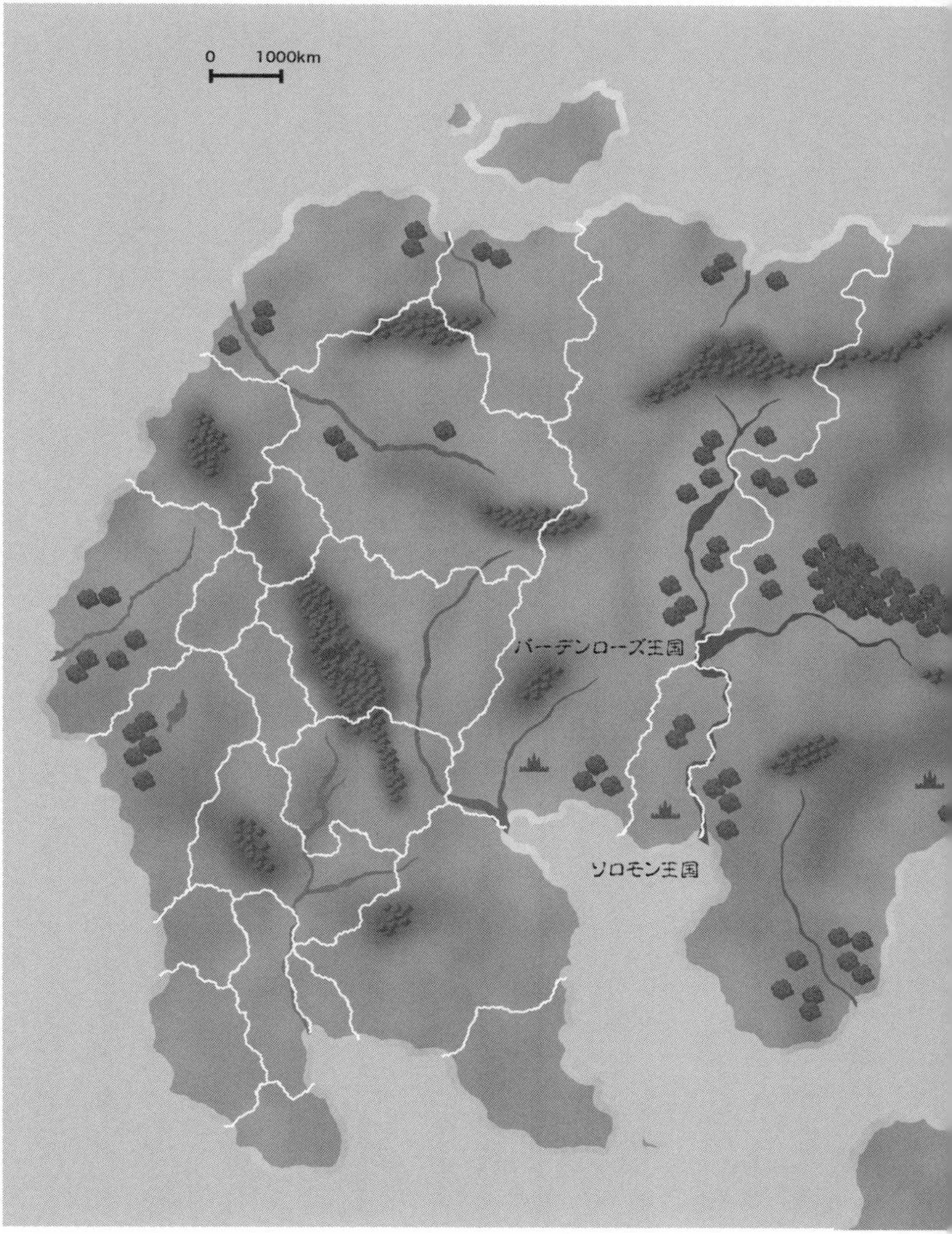

目次

tensei shitara heishi datta?!
akai shinigami to
yobareta otoko

第十二章　束の間の平和

ぴーちゃんとポーと、その兄弟達を領地に残し、パトリックは王都に戻ってきた。

軍務の書類と格闘した後、８軍と2軍の新兵訓練の視察に向かう。

大勢入ってきた新兵の中に、見知った顔を見つけたパトリック。

「あれ？　ケビン君じゃない？」

と、声をかけたパトリックに、

「はいっ！　スネークス中将閣下！　ケビン・ディクソン軍曹であります！　８軍に配属されました！　よろしくお願いします！」

元気いっぱいで敬礼しながら言う、ケビン・ディクソン。

「うむ！　しっかり勤務するように！　ところで、誰の部隊になった？」

「アーレン・カナーン曹長の部隊であります！」

カナーン家の三男のアーレンも、去年入隊して8軍に配属になっている。

「そりゃまたやりにくそうだな」

パトリックがそう言うと、

「多少はありますが、大丈夫です」

と、ケビンが答える。

何故やりにくいか？

それは、ケビン・ディクソンは、アーレンの姉であるアイシャと婚約したからだ。

噂によると、アイシャに押し倒されて既成事実を作られ、婚約となったらしい。

貴族の子女としては異例の事だ。

カナーン家の緩さと、ディクソン家の真面目さゆえか。

肉食系女子と、草食系男子の典型だろうか。

ちなみにアイシャは、驚くほど痩せた。

カナーン家の女性らしくないが、それだけ本気で、ケビン・ディクソンを落とすために努力したのだろう。

ケビン・ディクソンにとって、自分の妻になる予定の女性の弟が上官という、なんとも微妙な立ち位置である。

「よし！　それじゃあ今日は、俺が直々に新兵訓練してやろう！」

パトリックが唐突に言うと、

「おい！　新兵を殺す気か？」

と、横からウェインが口を挟んでくる。

「なんでだよ！」

パトリックが、ウェインに文句を言うと、

「まだ、新兵は体力的についていけないと思うぞ？」

「基礎訓練は終わってるんだろ？」

「基礎訓練は、あくまでも普通の範囲だ！　お前の訓練に合わせてない！」

と、無理な理由を口にするウェイン。

「なら、自分の限界を知る良い機会じゃないか」

「知る前に倒れるって！」

「大丈夫だろ。それに先輩達の凄さを、身をもって知る事にもなるしな！　よし！　８軍名物フル装備ランニングするぞ！」

聞く耳持たないパトリック。

その後、訓練所に響く８軍の新兵達の悲痛な声と、倒れる新兵を救護するベテラン達。

ランニングが終わった後で、倒れている８軍の新兵達を見て、

「おれ、８軍配属じゃなくて良かった……」

と、余計な事を言った２軍の新兵。

気配を消して歩いていたパトリックは、それを聞いて、

「なら明日、お前達にも体験して貰おう」

と、笑いながら言い放った。

突然現れたパトリックに、飛び跳ねて驚いた2軍の新兵達。

翌日、2軍のフル装備ランニングを、笑いながら実行するパトリック。

「死神パトリックって、軍内部から言われだしたんですってね……実感しましたよ。てっきり閣下に家を潰された貴族からだと思ってました……」

ケビンの言葉に、

「パット兄は、昔はあんなじゃなかったんだけどなぁ。軍の厳しさで変わってしまったのかな？　だが、あの体力あってこその出世だしな！　俺も最初は死ぬかと思ったぞ」

と言いながら、前日のランニングで筋肉痛の身体に鞭打ち、アーレンはケビンと、倒れている2軍の新兵を肩に担いで、休憩所まで運ぶのだった。


その日の夜、王都のスネークス邸の執務室、主の机の横には、もう1つ机がある。

そこに座る、1人の女性。

「デザインはこれでいいかな？　あとは素材を選んでと……」

座っているソーナリスが、ブツブツ呟いている。

その時、執務室のドアが開き、部屋の主が入室して歩み寄って来て、

「それ何？」

と、机の上の物を見て、ソーナリスに問いかける。

「プーとペーの鎧だよ。ほら！　野生と見分けるための！」

と、デザイン画を描いている紙を見せるソーナリス。

「ああ、プーとペーがワイバーンの時に皆で言ってたやつね。どんな感じ？」

デザイン画を覗き込むパトリック。

「ここがこうなって、ここは革で、コッチは赤色の布で……」

と、図面を指差して説明するソーナリス。

「ここ、プーとペーの視界の邪魔にならないかな？」

「そう？　じゃあこんな風に変える？」

図面の横の空白に、新たに顔の部分を描きだすソーナリス。

それを見たパトリックは、

「お！　それ良いじゃない！」

と、ソーナリスに声をかける。

パトリックとソーナリスはその後、アレやコレやとアイデアを出し合い、夕食まで話が続いた。

1ヶ月後、スネークス領のスネークス邸で、プーとペーに話しかけながら、ソーナリス作の鎧を

装着させる、パトリックとソーナリス。

「で、出来上がったのがコレですか……」

鎧を装着させられたプーとペーを見て、ミルコが少し呆れて言った。

「かっこいいじゃないですか！　昔読んだ本の挿絵とは違いますけど、竜騎士って感じ出てます！」

と言ったのは、非番なのに噂を聞きつけて、わざわざ見にきたクスナッツ。

頭に革と軽銀で作られたマスクを被せられ、そこから手綱が伸びている。背中には、人が２人くらい座れそうな荷物を容れる籠付きの鞍があり、その鞍を固定する革紐が、両腕と両脚の付け根に固定される。

そして、その革紐にボタンで固定された、真紅に染め上げられた布が腹部を覆い、そこに大きなスネークス家の家紋。

脚部には、革と軽銀の脛当て。

パトリックは、クスナッツの言葉で、日本で観た映画を思い出していた。

竜に乗った竜騎士の物語を。

その物語の竜騎士は、長いランスを持って戦っていたのを思い出した。

「ソナ、プーに乗って戦う時用の武器は？」

と聞くと、

「そんなの必要？　空中戦とか無いと思うけど？」

と返されて、

「野生のワイバーンと戦うかもしれないじゃないか！」

と返すと、

「なるほどね。でもプーやペーの邪魔にならない武器でとなると、軽くて長い武器じゃないと無理よ？　長くしないと敵に当たらないけど、その長さだと重過ぎて持てないわよ？」

と、冷静に言われる。

「じゃあ敵に届かなくていいから、様式美的に、軽い作りのランスを持ちたい！」

と、パトリックがわがままを言うと、

「パットがそう言うなら、作ってもいいけど……」

と、しぶしぶ了承するソーナリス。

「やったぁ！」

珍しくニコニコ顔のパトリックが、両手を挙げて喜んだ。

後日、プーとペーが進化するきっかけとなった、翼竜の死骸の場に在った、1本の角を使った、軽くて丈夫なランスが出来上がったのだった。

なお、このランスの製作に、5人のドワーフが1ヶ月かかった事をここに記しておく。

細かい彫刻の施された、見事なランスであった。

とある家のとある部屋、そこに居る2人の男。

「お館様はなんと？」

「お前達に任せると」

「信用して頂けるのはありがたいが、その信用に応えるのはなかなか大変だな」

「だが、そうして実績を作れば、私のように騎士爵を与えてくださるぞ。平民の間者だった私が騎士だぞ？　いまだに夢のようだ」

「私など、反乱を助けた貴族の息子なのに、雇って頂いているからな、有り難くて涙が出る」

この会話で誰が誰か分かると思うが、闇蛇隊のアインと、バース・ネークスの店長のモルダーだ。

「お館様の心の広さは、計り知れないからな。たまに狭くなる時もあるけどな」

と、アインが言うと、

「ミルコ殿の話だろ？　アレは聞いてるだけで可哀想だが、お館様がイラッとするくらい、馬車の中でイチャついたミルコ殿が悪い」

と、モルダーが笑いながら言う。

「まあな。で、話を戻すが、店をどう管理するかだが？」

「店が増えたのは良いのだが、増え過ぎて私1人では細かい事まで把握しきれないからな。とりあえず王都の本店と支店は私がみるとして、東西南北で支部長4人を決めて、管理させるのが良いかと思う」

　そうモルダーが言った。

　現在、バース・ネークスは、王都に3店、王都以外のメンタル王国内に、20店も出店している。主に公爵、侯爵や伯爵の領地で開店しており、まだ増える予定である。

「なら、闇蛇も同じようにして、地域ごとに調査させようか。やらないとは思うが、支部長になった者が、他家に情報を売るなどの裏切りをしないとも限らんからな」

　と、アインが提案する。

「うむ、私はお館様に恩義があるが、他の者は私ほどではないからな」

　と、モルダーが賛成する。

「候補が決まったら連絡してくれ、こっちでも再調査するから」

「ああ、知らないところで金を借りて、借金まみれだと、情報を他に売るかもしれぬしな」

「慎ましく暮らせば、借金などしなくて済むものを」

「若いと見栄を張ったり、女に貢いだり、嫌な事を酒で誤魔化したりするからな」

「私もまだ若いが、見栄とかないなぁ」

「お館様が仰っていたが、酒と金と女、コレが男が身を崩す三大要素だ。まあ、アイン殿は大丈夫だろうが。そこを上手く使って情報を集めるのが、私の仕事だしな」

「お館様に貢献して、早く家族を安心させてやらないとな。まだ奥さんは、お館様を少し怖がってるんだろ?」

「まあなぁ、領地で、あ、元領地な。そこに居たものだから、直にお館様の戦いを見てしまったのもあるが、妻も貴族の出だし、家の潰れた貴族の行末はよく分かってるからな」

「貴族は貴族の立場で仕事や商売しているから、なんとかなっていたのが、平民になると、ほぼ借金奴隷まで落ちるからなぁ」

「ああ、それが小さいながらに家を持てて、普通に暮らせてる私は、幸せだと思う。それに、お館様は忠誠を誓う者には、寛大な御方だしな」

そう言った時、部屋の扉をノックする音がする。

「なんだ?」

とモルダーが言うと、扉が開いて、

「夕飯の用意が出来ました。アイン様の分もありますので、是非。娘も待っておりますし」

と、モルダーの妻が入室して言った。

「いつもありがとうございます。たびたびご相伴にあずかり申し訳ない」

アインが、モルダーの妻に頭を下げると、

「いえいえ、娘のサラがアイン様は次いつ来るのかと、毎日のように尋ねてきますので、いつでもいらしてくださいと、笑顔で言う。

そう、モルダーも娘からしつこく聞かれるのだ。「アイン様は次はいつ来るのか、早く呼べ」と。

モルダーの娘は、14歳。

多分、いや、確実にアインに恋い焦がれている。

アインは独身だし、騎士爵を持つ貴族でもある。

年下ではあるが、ある意味でモルダーの上司でもある。アインは否定するだろうが、モルダーはそう思っている。

(上司と娘が結婚などしたら、私の立場は？)

モルダーの憂鬱は暫く続くことになる。


カナーン伯爵家の王都の屋敷。

この日、そこには多くの人が集まっていた。

カナーン家は、古くから続く血筋であったが、長く男爵のままであった。

まあ、メンタル王国が基本的には、平和だった証拠であるが。

だが、ヘンリー第2王子の反乱という大事件のおり、前当主トローラの貢献により子爵となる。

そしてその後、人族初の魔法使いとなった新当主デコースに、家は引き継がれ伯爵となった。

王都に新たな屋敷を購入し、その屋敷で今まさに新当主であるデコース・フォン・カナーン伯爵と、サイモン侯爵家の三女、クラリス・サイモンとの結婚式が執り行われている。

メンタル王国、いや大陸初の人族の魔法使いである、デコース・フォン・カナーン王宮魔術師、その結婚式ともなれば、相手が侯爵家の娘でなくとも、人は多く集まったであろう。

侯爵家の娘との結婚、そしてスネークス辺境伯の従兄弟という事実もあり、王都のカナーン伯爵邸は、カナーン家史上初と言っていいくらいの人だらけである。

サイモン侯爵派の貴族は勿論来ているし、スネークス辺境伯派はまだ数は少ないが、派閥ではなくても付き合いのある家は多いし、同盟関係のアボット辺境伯家も来ている。

それに、デコースの妹のアイシャの婚約者である、ケビン・ディクソンの実家、ディクソン侯爵家とその派閥も来ている。

ひと昔前のカナーン家は、派閥と無関係の男爵家だったのに、今や大派閥に囲まれた上級貴族の伯爵家になった。

なお、この結婚式に来ていた家は、スネークス辺境伯容認派と呼ばれている。

なぜなら、スネークス辺境伯否定派、または反スネークス派と呼ばれる、新たな派閥が形成されているからである。

それは王家派や中立派とは関係なく形成されており、以前の単純な派閥の枠組みを、複雑でややこしいモノに変えてしまった。

話を戻すと、結婚式が伯爵家にしては少しだけ豪華なものだったのは、各家からの助言があったからだろう。

侯爵家から妻を迎えるにあたり、家の格相応では向上心が無いと陰口を叩かれる。

だが上の侯爵家規模だと、見栄を張ってとバカにされる。

そんな貴族社会において、ちょうど良い頃合いで式を挙げたカナーン伯爵家は、無事乗り切ったと言っていい。

「デコース兄、改めておめでとう！　クラリス夫人、どうかデコース兄をよろしくお願いします」

微笑みながら、新郎新婦に挨拶をするパトリック。

「パット！　いや、スネークス辺境伯ありがとう。あの時、閣下のお陰で挨拶に行けたから、今がある」

そうパトリックに返したデコースと、

「スネークス辺境伯閣下、お願いされましたからには、引き受けます！」

と、ノリの良い答えを返すクラリス夫人。

自身の顎髭が蝶々結びになっているのが、クラリス夫人のノリの良さを物語る。

それを家族席で眺めるアイシャ。

「ケビン様、私達は家長でもないし、もう少し質素でいいのよね？」

と、隣に婚約者枠で座るケビン・ディクソンに問うと、

「ええ。私は三男で家からは独立しましたし、せいぜい騎士爵規模かと」

と、答えたケビン。

「でも、出席者はこれ程ではないだろうけど、多そうよね。あなたの実家の派閥や、パット兄様の派閥は来るでしょうし……」

「多分サイモン侯爵家も来そうですしね」

「お金足りる?」

「父に借りますよ。軍曹の給金ではとても足りません」

「デコース兄様が、結婚するとは思わなかったし、昔ならこんな心配する事無かったのになぁ」

２人の結婚式も、２ヶ月後に決まっていたのだった。


～～～～～～～～～～


スネークス辺境伯領のスネークス邸、その執務室に２人の男が居た。

「少し面倒な事になりましたので、ご報告を」

そう言ってアインが、パトリックに話し出す。

「ワイリーン男爵達と同時期に男爵になった、反スネークス派に属する新参男爵達が、同盟を組みました」

と、アインが言うと、

「ほう」

と、パトリックが少し感心したような声をだした。

「特に、酒の流通を止めてる領地の、男爵達が中心のようですが、ドワーフ離れを危惧し、酒の流通している領地の商人に働きかけ、抱え込みを画策しているようです」

「ドワーフは酒に弱いからなぁ」

少し気の抜けた声のパトリック。

「はい、ドワーフが去ると、建築や鍛冶関係で不都合が出ますし、奴らも躍起になっているようで」

「まあ、理解は出来るが」

「ウチとしては、それに対応するため、現在把握している抱え込まれた商人に、酒を卸すのを即時停止していますが、それを不満に思った商人から苦情がきました」

との報告にパトリックは、

「奴らに売らなければ、卸してやると言えばいいだろ？」

と、少し疑問形で聞き返す。

「そうなのですが、食品商人組合を通しての正式な異議申し立てで、どこに流通させるかは、本来なら組合が決める事なので、流通させるなら組合に一括で卸すようにと、難癖つけてきました」

と、少し呆れた声で言うアイン。

「ふざけた事言ってやがるな。どこに卸そうがウチの勝手だ！　喧嘩売ってやがるのか？」

少し言葉が荒くなるパトリック。

「こちらの条件を呑まないなら、他の食糧等を、スネークス辺境伯領に卸さないと言ってます。領民の食糧だけなら自領で賄えますが、酒の原材料を買うのに支障が出ますので、どうしたものかと」

「現在はまだ食糧は入ってきているのだな?」

「はい、昨日の話ですので」

「ふむ、食品商人組合は死にたいのかな?」

パトリックの眼が少し険しくなる。

「殺されはしまいと、タカを括っているのでは?」

「便利に使えるから、甘い顔をしてやってたのに、つけ上がりやがって」

「どうします?」

「決まってるだろ。今の食品商人組合をぶっ壊す!」

食品商人組合、それはあらゆる食品を扱う商人が登録しており、国からの委託により、飲食店や食糧品店の出店の許可を出す業務もしている。

これは貴族が、直営店を自分の領地や王都で開く場合は、ここの許可は要らない。

が、他家の領地で店を開く場合や、平民が店を出す場合は、必要である。

他にも商人同士の揉め事の仲介から、流通のための馬車の貸し出し、仕入れをするための資金の貸し出しなど、手広く手掛ける組合であり、メンタル王国に数ある組合の中でも、かなりの力を誇る組合である。

勿論、王家に口出しできるほどの力ではないが、領地運営に四苦八苦している男爵などは、頭の上がらない存在でもある。

苦しい時に格安で、食糧を融通してもらう事もあるのだろう。

ちなみにバース・ネークスも、食品商人組合に所属している。

表向きのオーナーは、平民のモルダーで登録してあるので、所属しないと出店許可が出ないからだ。

パトリックがオーナーでは、反スネークス派の貴族は来ないので。

ただし、一部貴族はちゃんと気が付いている。

食品商人組合も一枚岩ではないが、新参のバース・ネークス、モルダーの力は、まだまだ大きくはない。

理事の1人となり、ある程度の発言権は既に手に入れてはいるが、組織を動かすほどではない。

そこは、古い老舗や大店が力を持つ化石のような組織だ。

「組織幹部の、古傷でも弱みでも何でもいい。調べ上げてこい！」

パトリックがアインに指示を出す。

「調べがつくまではどう致します？」

アインの問いかけにパトリックは、

「奴らの言う事を聞くフリをして、酒を卸してやっとけ！　図に乗ったところを叩く！」

眼の奥を光らせてそう言った。

「はっ！」

と、敬礼して答えたアインだった。

〰〰〰〰〰〰〰〰〰〰〰〰

「スネークス辺境伯家より返事が来ました、酒を組合に一括で卸すそうです」

部下からの報告に、

「そうだろそうだろ、食品商人組合に逆らっては、芋や果実を買えなくなるからな。あそこの酒には、色々な材料が必要なはずなのだ。ワシの言ったとおりだろうが。いくらスネークス辺境伯と言えども、食品商人組合には地方貴族は勝てんのだ。これで酒を他の男爵家に売ってやって、我が組合の力はさらに上がるぞ！」

と、食品商人組合長である、ドノバンがふんぞりかえって言った。

「ですな、仮にスネークスが独自に酒店等を出店しようとしても、他領なら我が組合の許可が必要ですからな！」

と、部下の男は上司ドノバンに媚を売る。

〜〜


とある大店の店主は、婿養子である。

先代に気に入られ、一人娘の婿に迎え入れられたのは良かったのだが、その一人娘が良くなかった。

美人なのだが、典型的なお嬢様育ちのわがまま娘で、自分の思うように事が進まないと、癇癪を起こして暴れ回る。

そんな女との結婚生活が上手くいく訳はなく、数年で男は外に女を作った。

いわゆる浮気である。

婿養子なので、側室を迎えるわけにはいかないのだ。

妻にバレないように、細心の注意を払ってきた。

今日はその相手の女に、会いに行く日である。

週に1度と日を決めており、妻には帳簿をチェックする日だと伝えてあるので、遅く帰ってもバレないのだ。

店が終わると、何食わぬ顔で裏路地を歩き、とある小さな一軒家の扉をノックする。

男が妻に内緒で買い与えた家だ。

中から顔を出した、小柄で気の弱そうな女が、微笑みながら出迎え、男はその家の中に笑顔で入っていく。

「はい、1人頂き」

尾行していた男が、笑いながら呟いた。


とある大店の一人娘、その娘が足繁く通う店がある。

その店は、女性客と男性店員がソファに隣り合って座り、店員の男がカクテルをつくり、提供する形式の店である。

娘はその店の指名率NO.1の男に入れあげ、他の女に負けまいと、かなりの金を使っている。

高い酒になると、グラス一杯で、銀貨数十枚などザラにある高級な店だ。

その男に気に入って貰いたい一心で、高い酒を注文しては、喜ぶ男に抱き締めて貰い、それをされたいが為、また高い酒を頼む。

この店は掛売りもしているので、その日に現金が無くてもサイン1つで酒が飲める。

その娘の借金になる訳だ。

もうかなりの額になっているのだが、娘は男に抱き締めて欲しいが為に、店に通うのをやめない。

が、ある日店の人間に、今週中に払えと言われた。

その額なんと、

「き、金貨100枚っ!?」

「ええ、さすがにそろそろ払って貰いたいのですが？」

「そっ、そんな大金無いわっ！」

「無いで済むとお思いですか？　無ければそういう店で働いて返して貰うことになるのですが？」

と、暗に娼館で働く事になると言った店員。

「嫌よっ！」

「なら払って貰いましょう。親御さんに言えば何とかなるでしょう？　親御さんのお店は、我が国でも上から数えた方が早い、大商店なのですから」

「お父様でも、すぐに金貨100枚なんて無理よっ！」

「待つ条件が無い訳でもないが、それは君の親御さんに言うとしますか……」

苦虫を噛み潰したような顔の女の前で、口角を上げる男が1人。

「はい、ここも落ちた」

と、呟いた。

他にもギャンブルで借金を作って、店の財政が火の車の者、そもそも店を大きくする時に、不正をしてのし上がった者等は、既にリストアップされていた。

さて、こんな事があちこちで起きていたが、尾行はどこの手の者か？

このホストクラブのような店のオーナーは？

読者には言わなくても1人の男の名が、もう頭に浮かんでいることでしょう。


〰〰〰〰〰〰〰〰〰〰〰〰〰〰〰〰〰〰〰〰〰〰〰〰〰〰〰〰

食品商人組合長が、酒の分配を男爵相手に横柄な態度でしている頃、モルダーは精力的に動いていた。

すでに食品商人組合の、理事の1人になっているモルダーは、組合理事の権利を使い、組合長の不信任決議案を提出した。

それを知った組合長は、

「ふん！　新参者の理事が偉そうに！　ワシの力を知らぬのか。もはやこの国では、ワシが酒を牛耳る者なのだぞ！　酒場を経営している癖に、そんな事すら解らんのでは、ゆくゆく店は潰れるな。何せワシがこれから酒を回さないからな！」

と、余裕シャクシャクの態度で、信任か不信任かの投票日を迎えた。

投票できるのは、組合の理事13名と、理事長1名、理事長は組合長も兼ねる。そして理事長には、投票権が2票ある。

投票は記名式にて行われる。

先ず開票されたのは、理事長と組合長を兼任する男、ドノバン氏。

王家より、準男爵に任じられている男である。

「ドノバン氏、信任２票」

開票作業をする者が、投票用紙を皆に見せて言う。

ドノバンは頷きながらそれを見る。

「続きまして、モルダー氏、不信任」

不信任決議案を出した張本人なので、当然であるが、ドノバンはモルダーを忌々しく睨む。

「続きまして、ギューバード氏、不信任」

その声を聞き、

「なっ！　何故だっ！　ギューバードッ!?」

と、ギューバードに怒鳴るドノバン。

「理事長！　お静かに！　まだ開票の途中ですよ！」

モルダーがニヤニヤしながら、ドノバンに言うと、

「貴様っ！　買収しやがったな！」

「さて？　なんのことやら？　私にギューバード氏を買収出来るほどの資金が無いのは、ご存じのはずですがねぇ？　誰かさんが酒の値段吊り上げてうちに売ってるので」

「どこかから借りたんだろうがっ！」

「さて？　どうでしょうねぇ？」

と、とぼけるモルダー。

「ふん！　１人くらい買収したところで、結果は変わらんのに無駄なことを！　ギューバード！

お前終わったら覚えてろよ！」

と、喚いていたのだが、

「続きまして、ロウタワー氏、不信任」

「えっ？」

「エリン氏、不信任」

「なっ!?」

「不信任」「不信任」「不信任」……

「信任２票、不信任13票。以上の結果により、本件は可決されました。よって、ドノバン氏の理事長と組合長の職を解くことになりました。続きまして……」

進行役の話を遮ってドノバンが、

「お前ら！　ワシを裏切ってまで、このモルダーに従うのに、いくら貰ったんだっ！」

と唾を飛ばして怒鳴る。

「私は銅貨１枚すら、渡してませんけどねぇ」

モルダーが満面の笑みで、ドノバンに話しかける。

「嘘つくなっ！　それなら何故、今までワシに従ってきていたのに、こうも手のひら返しするのだ、金しかないだろうがっ！」

「理事長、いやもう今はただの理事か、良いですか？　貴方誰に喧嘩売ったか解ってますか？」

「誰にも売っとらん！　お前が勝手にワシに売ってきたのだ！」

　と、何を言ってるのだと、不満気なドノバン。

「はあ、救いようがない馬鹿っていうんですねぇ」

「誰が馬鹿だっ！」

「勿論貴方ですよ。馬鹿の貴方にでも解る様に説明してあげましょう」

　そう言ってモルダーは席を立つと、ドノバンの前に移動する。

「酒の流通のコントロール、これ、貴方が握る前は誰がしてました？」

　モルダーが、ドノバンに問うと、

「それは、直売はスネークス辺境伯だが、卸して貰った分は、元々ワシがしていたぞ！　それに辺境伯はワシの提案に、快く応じてくれた。それは辺境伯も食品商人組合が、コントロールした方が良いと思われたからだろう。食品の流通は商人が担うものだ」

　と、ドノバンが言ったのだが、

「スネークス辺境伯に敵対する貴族に、大量に酒を卸してその家の益となる事なのに、快く？　あり得ませんねぇ。では次に応じないなら、スネークス領に芋や果実を流さないと脅した事は？」

少し目を細めて、モルダーが聞く。

「何故お前がそれを知っている！　アレは交渉というのだ」

と、太々《ふてぶて》しく言うドノバン。

「ほう、私は脅しだと思いますけどねぇ」

「だいたい貴様に何の得があるのだ！　酒の流通をコントロールできれば、お前の店もふんだんに酒を仕入れる事ができるのだぞ！　辺境伯に頭を下げなくてもな！」

と叫んだドノバン。

「ふむ、これだから馬鹿は困る。うちの店のオーナーが誰か知らないらしい。ウチの店の名は、なんでしたっけ？」

モルダーがドノバンに問いかけると、

「オーナーはお前だし、店の名はバース・ネークスだろうがっ！」

と、何を今更という感じで、モルダーを睨みながらドノバンが答える。

「ですねぇ、表向きは！　では店の名からバーを外してみてください」

「バーを？　バー、ス・ネークス……」

「解りましたか？」

「ス、ネー……クス……？　まさかっ!?」

「やっとその腐った頭でも、わかりましたか。やれやれ。そうウチのオーナーは、スネークス辺境伯ですよ。私はオーナーのフリをした現場管理者なだけでね。酒は普段は直でウチの店に運ばれてくるんですよ。オーナーからね。それを邪魔しておいて、得があるのかとはねぇ」

「貴様！　スネークスの犬かっ！」

「辺境伯閣下が抜けてますよ。まあそうですねぇ。私の命の恩人ですから、お館様に犬になれと言われたら、喜んでなりましょう！」

「ふんっ！　ならばこの事を、すべての貴族に言いふらしてやるわっ！　お前の店が、スネークス辺境伯の店だと知ったら、支店がいくつ潰されるか楽しみだ！　何せ嫌われてるからなぁ！」

と、ニヤニヤしながら言ったドノバンだが、

「おや？　腐った頭の中でさらに虫でも飼っておいでか？　お館様を呼び捨てにしておいて、生きてこの部屋から出て、外を歩けるとでも？」

と、呆れた顔のモルダーが言った。

「な、なに!?」

と、聞き返したドノバン。

モルダーが指をパチンと鳴らす。

その時、バンッとドアが開き、数人の男が雪崩れ込むと、ドノバンの顔面を拳でぶん殴り、口を塞いで麦を入れる麻袋に、ドノバンを無理矢理詰める。邪魔になる手足の骨を折って。

袋の口が縛られたのを確認したモルダーが、

「お館様の言いつけどおり、スネークス辺境伯領で処分しておいてくれ、例の場所なら魔物も掘り起こさないからな」

そう言って、男達に近づく。

「了解であります。それとお館様からです」

と言って、1枚の紙切れをモルダーに渡す。

それを見たモルダーは、

「承知致しましたと、伝えておいてくれ」

と言った。

そうして血の滲む麻袋を抱えて、男達は去っていく。

それを見送ったモルダーは、他の理事達を見て、

「さて、新しい理事長と組合長を決めるが、投票するのも面倒だ。俺がなるのに異議のある者はこの部屋から出ろ。残った者は信任と見なす。まあ、出た者の命の保証は出来んがな」

そう言って、理事長の椅子に足を組んで座った。

真っ青な顔をした理事達は、部屋からは誰も出なかった。いや出られなかったのだろう。

後日、準男爵でもある、王都の老舗大店の店主が忽然と消えて、王都で話題となった。

店は息子が引き継いだが、消えた店主の行方は、ついぞ知れる事は無かった。

そしてモルダーが受け取ったメモには、こう書いてあった。

反撃開始と。

さて。反スネークス辺境伯派の、新参男爵達はどうなったかというと、

「ドワーフ達が、給料渡した途端に消えました！」

という部下の報告に、

「なにっ？」

と、寝耳に水といった感じで驚いていた。

「約束していた酒が、1ヶ月もせずに届かなくなるような、領主の下では働けないと言って、出ていきました」

と、部下が言うと、

「勝手な事を言いおってからに！　こっちがどれだけ苦労して手配しているかも知らないで！」

と、頭を掻きむしる男爵。

「しかし実際、酒を入手できておりませんし、ドワーフ達との約束では、宿舎に毎夜1樽渡すと言ってありましたので、約束を不履行したのはこちらとなってしまいます」

とまあ、だいたいの家がこんな状況だったのだが、とある家は、

「建築中の我が館はどうするのだ！」

と、領主が執事に聞いた。

「何とか職人を探してますが、なかなか見つかりません。見つかるまでは中断かと」

と、執事は答える。

「だいたい何故、酒が我が領に来ないのだ！」

「新しい食品商人組合長が、こちらの要求を一切受け入れませんで、1樽すら渡してくれませんん！」

「他の理事達に金を掴ませて、理事長に働きかけさせろ！」

「私も色々声をかけてみたのですが、どの理事もいっさい金を受け取りません！」

「何故だ！　商人なら金で動くだろうに！」

「銅貨1枚すら受け取らないのです！　異常です！」

との執事の答えに、

「食品商人組合で、いったい何があったのだ？　理事長の突然の交代は、行方不明が原因なのか？それとも交代があっての行方不明なのか？」

と、疑問を口にした領主。

「とある理事が、少しだけ話してくれましたが、〈今の理事長には逆らえない〉と言うだけで」

と、知り得た唯一の情報を報告する執事。

「あちこちに、酒場を出店してる男だろう？　そんなに儲けているのか？」

「それなりのはずですが、詳しくは分かりません」

「うちの領には、店は無かったな？」

「おもに伯爵以上の領地に、出店してるようです」

「上級貴族の領地だけか。まあ人の多い所に店を出すのは理解できるがな」

「はい」

「それよりも、話を戻すが館の建設だ！　どうにかしないと。商人ギルドから食品商人組合に、話を通して貰えんのか？」

「商人ギルドは、各商人組合の上部組織ですが、名目だけで組合に指図は出来ません。食品の事は食品商人組合に言えと言われるだけです」

「ぐむむ。どこかにドワーフを派遣してくれるところはないものか……」

と、頭を抱え込んで領主が言うと、

「どこにでもドワーフの建設要員を派遣してくれる商会が、あるにはあるのですが……」

と、言葉を濁した執事。

「なにっ！　それを早く言わんかっ！　どこだ!?」

と、執事に食ってかかる勢いの領主だが、

「スネークス人材派遣商会……です」

との執事の答えを聞き、

「ヤツのところではないか……」

と、勢いが萎む。

「はい……」

「他にないのか？」

「ありません」

「むむむ。どうすべきか……背に腹はかえられぬか……仕方ない。ヤツを儲けさせるのは腹が立つが、館を完成させないとな。いつまでもこのボロ家では、他の男爵に舐められる！」

　と、苦渋の決断をする。

「依頼してみますか？」

「ああ、仕方あるまい」

「分かりました。依頼の手紙を出します」

　と、執事が言ったが、

「いや、反スネークス派の私からの依頼の手紙など、開封すらせず破られるのが目に見えておる。私が赴いて直接依頼することにする」

「心中お察し致します」

　頭を下げて部屋を出る執事。

「雨漏りするこのボロ屋敷では、貴族になった意味がないのだ。悔しいが仕方ない。そうだとも」

　自分を説得するかのような呟きが、口から漏れる領主であった。

　領主の名は、ホールセー男爵。

◆◇◆◇

とある建設中の館。

外観はほぼ完成しており、後は内装の仕上げのみである。

「凄まじいスピードで出来上がるのだな。スネークス辺境伯閣下のところの職人はバケモノかっ！」

ホールセー男爵がそう言うと、

「早過ぎて日数が少ない分、結果的に費用が安くなりました。ですが、良かったのですか？　男爵同盟に背いてまで、スネークス辺境伯派入りして。他の男爵家から絶縁状が届いてますが？」

と、執事の男が聞く。

「かまわん！　あんな男爵の集まりより、より強い辺境伯容認派のほうが、有益だ！　いいタイミングで王家派の中立派だった私が、王太子派に鞍替えし、スネークス辺境伯容認派になっただけだ。それにスネークス辺境伯閣下が、酒を融通してくれるとドワーフ達に言ってくれたおかげで、もうドワーフが数人戻って来てくれた。良い事だらけだ！」

と答えたホールセー男爵。

このホールセー男爵、王家から武功により準男爵を授かり、先の反乱でさらに功を立て男爵となった、筋金入りの王家派である。

王家派の中立派だったのは、どちらに付くか悩んでいたためであり、反スネークス派だったのは、単に自分より年下の若造が、辺境伯にまで成り上がった事に、嫉妬していただけだ。

だが今は、パトリックの事を閣下と呼び、すっかりスネークス辺境伯容認派の一員気取りだ。

物凄い、手のひら返しだ。

スネークス人材派遣商会から、ドワーフ達を派遣して貰うために、わざわざスネークス辺境伯領のパトリックの屋敷に赴く途中、その街の発展ぶりに驚き、パトリックに頭を深々と下げて、ドワーフと酒のセットで依頼したのだ。

この時点で、擦り寄る気満々である。

女心と秋の空どころではない。

悔しいとか言っていた癖に、きらびやかなスネークス辺境伯領を見て、心境がころっと変化したのだ。

〔反スネークス同盟を抜けて、情報を全て話し尚且つ私に今後逆らわないと誓うなら、我が派閥の末端に加える事を、考えてやらなくもない〕

パトリックのその言葉に、元々擦り寄る気に変わっていたのだから、その場ですぐさま決断して、ベラベラ喋ったのだ。

まあ、ホールセー男爵家は幸運であった。

尻尾を振る相手を、変える決断が出来たのだから。

え？　他の家？　わざわざ言う必要ありますか？

聞きたい？　仕方ないなぁ。

一方、他の家はというと、酒が無い領地にドワーフは居付かず、食品商人組合が、モルダーの意のままに操られているので、食品の流通量も徐々に減らされ、飢えこそしないが侘しい生活を送る事になる。

食糧の不足を不満に思った領民は、農家以外が徐々に他領に逃げていく。

残るのは、領地の広さによって計算される税金。

新男爵達は、初年度の税金は免除とはいえ、領兵には給金は必要だし、その他色々金がかかる。

それを払えなくて苦しむ領主と、積み重なる借金。

とてもパトリックに対抗する力は無いだろう。

農作物から得る税金だけでは、領地を賄えはしない。人の経済活動あっての税収だ。

ちなみに、反スネークス派の貴族達の領地から、こそこそ逃げ出した領民の大多数は、近くのスネークス容認派か、スネークス辺境伯領に移り住んだ。

何故なら、スネークス容認派は食糧の流通量も多いため、生活費が安くなるのだ。

また、遠い西のスネークス辺境伯領へ連れて行ってくれる大型馬車が、どういうわけか、各地を何台も走り回っていたのも関係している。

そして落ち目の貴族達に、金を貸してくれる貴族の家が無くなると、金を貸すと言い寄る高利貸し達が姿を現す。

利子はトイチ、つまり10日で1割の利子だ。

返せる当ての無い借金は、どんどん膨れていくだけである。

全ては誰かの思惑通りに進む。

「ホールセー男爵の屋敷は完成したのか？」

パトリックの言葉に、ホールセー男爵の館の工事責任者のドワーフが、

「はい。先日建物は完成致しました。例の仕掛けもバッチリでございます」

と、答えた。

「お館様？　例の仕掛けとは？」

背後に控えていた、本邸執事のサンティノが、パトリックに問いかける。

「ん？　もし裏切った時のために、屋敷の一部に仕掛けを施して貰ったんだよ。とある石1つ、ハンマーで砕くだけで、屋敷が物理的に崩壊するらしいぞ！　アッハッハッ！」

愉快そうに笑うパトリックを見て、サンティノは、

「相変わらずやる事が容赦無くて、お館様らしい」

と、微笑んだ。サンティノもかなり毒されているようだ。

さて、そんな事があった1週間後、王都にある教会に集まる人々、その顔には笑みを浮かべ、2人の若者の誓いの儀を見守る。

1人は、茶色の長い頭髪をツインテールに纏め、それを縦ロールにした細身の女性。

大きな目に茶色い瞳の、誰が見ても美人と言うだろう女性。

ただし、肉食獣のような雰囲気が漂う、どちらかと言えば、勝気な女性である。

1人は、金色の頭髪を、オールバックになでつけた細身の男性。

中性的な顔立ちに、緑の瞳。知らない人が見れば、男装の女性と間違うかもしれない。

芯の強そうな雰囲気も漂うが、どちらかと言えば優しそうな男性である。

その2人の周りは、2人を祝う人達で溢れかえる。

侯爵家の三男と、伯爵家の当主の妹の結婚式にしては、参加者の数が多すぎるが、2人の人柄の良さと、重要な人物だからであろう。

王太子の妻の実家、ディクソン侯爵家の三男であり、王太子妃の直弟という重要人物と、人族初の魔法使いデコース・フォン・カナーン伯爵の妹。

だが、政略結婚ではない純粋な恋。

多少強引な手口を使ったアイシャに、ケビンを狙っていた女性達から、やっかみの言葉は聞こえてくるが、その女性達だって裏では、似たような事を画策していたはずなのだ。

それが貴族家の女というものだ。

さて、侯爵家の息子といえど、三男。

しかも独立して軍に入隊という事は、平民ではないが貴族家の者でもない、たんに貴族家出身という扱いであるのだが、その結婚披露宴は豪華なものだった。

ディクソン侯爵家の全面的バックアップにより、会場も広く出席者も多い。

これは、息子の結婚式による繋がりを重視した、ディクソン侯爵本人の思惑である。

息子が、騎士爵程度を考えて準備していたのを知ってはいたが、裏から手を回して、息子に内緒でお膳立てをしていた。

当日、結婚式が終わった息子夫婦を、馬車で有無を言わせず拉致、もとい連行、これももとい、連れ出して来た。

呆気にとられる息子に、

「私からの独立プレゼントだ」

と言いくるめて、なんとか納得させた。

が、新婦のアイシャはなんとなく察していた。

何故なら、アイシャの父、トローラは隠し事が下手で言葉の端々に、

「この衣装では規模に合わない」

などと、騎士爵程度の結婚披露宴に不釣り合いな、王族の結婚式にでも行くのか？　という衣装

を用意したりしていた為だ。

だが、ここまで豪華とは思っていなかった。

そして極め付きに、スネークス辺境伯領から運び込まれた酒と食材。

高級な青鶏の唐揚げや、お好み焼き、焼うどん、山羊のチーズに、羊肉のジンギスカン、テリヤキバーガーモドキ等々、王都の貴族でも、スネークス辺境伯領に行かねば、食べる事のできない料理が並ぶ。

完全にディクソン侯爵家とスネークス辺境伯家は、事前に打ち合わせしている。

でなければ、この量の酒と食事の用意などできない。

「知ってるなら、一言くらい言って欲しいわよね」

アイシャが言うと、

「父上も父上ですけど、スネークス辺境伯閣下もスネークス辺境伯閣下ですね。完全にスネークス辺境伯領の名産物の、売り込み会場と化しましたね。まあ、美味しいんですけどね」

そう言いながら、目の前の料理を口に運ぶケビン。

遠くで、酔ったサイモン侯爵が、デコースに絡んでいる声が聞こえる。

娘との子はまだか？　早く孫をと大声で。

新参者であるホールセー男爵など、あちこちの上級貴族に、ペコペコと頭を下げて、顔繋ぎに走り回っている。

「ねえ？　主役は私達のはずよね？」

アイシャが、ケビンに言うと、

「一応そのはずだけど、個性の強い人が多いから……それより、このハンバーグってやつ、スゴイ美味しいよ！　アイシャも食べなよ」

と、ハンバーグという初めて見る料理を、アイシャにすすめる。

「あら！　本当に美味しい！　柔らかくて噛むと肉汁が溢れる！」

と、アイシャが言うと、

「美味いか？　俺が作った料理だぞ！」

と、声がする。

「あ、パット兄様！」

と、アイシャが笑顔になる。

「閣下！　閣下がお作りに？」

ケビンは驚いている。

「ああ！　２人の料理は全て俺が作った！　俺からの祝いだ。食べた事ないだろう？」

と、パトリックが微笑む。

「美味しいけど、太っちゃいそう」

アイシャが言うと、

「たまに食べ過ぎたくらいなら、次の日少し控えれば大丈夫だろ。それに痩せすぎてると風邪をひきやすくなるから、気を付けろよ、今夜は薄着で寝るんだろ？」

と、余計なお節介な事を言うパトリックに、

「あ、うるさい！　スケベ！　あっちいけっ！」

と、怒ったアイシャ。

「おお！　怖い怖い！　じゃあケビン君、今夜頑張れよ！」

そう言って、ニンニクスッポンドリンクなるものを、ケビンに渡して逃げたパトリック。

「閣下って、たまにオヤジ臭い事言うよね……」

ケビンが、渡された飲み物を見ながら、そう言ったのだが、パトリックが前世の記憶も合わせると、既に50歳を超えている事など知る由も無いだろう。

〰〰〰〰〰〰〰〰〰〰〰〰〰〰〰〰〰〰

クスナッツは鐘を鳴らす。

スネークス本邸の見張り塔の上で。

カーンカカン、カーンカカンと鳴る鐘の音は、緊急時の音ではない。

その音を聞いた、本邸で働く者は上空を見て、その場から離れる。遠くに見える飛行物体が、グ

ングン近づいて来る。

本邸の正面玄関付近に、ふわりと降り立つ2匹の翼竜。その背にはこの領地の主人である、パトリック・フォン・スネークス辺境伯と、その妻であるソーナリス・スネークス。

クスナッツは、塔の上から翼竜を眺めて、口元が緩む。

「やはりかっこいいいなぁ。ここに勤めて正解だぜ」

そう言うと、隣にいた同僚が、

「かっこいいより、恐ろしいが正解だと思うなぁ。流石に見慣れはしたが、近づきたくはない」

と言った。まあ普通の感性ならばそうだろう。

「そうか？　まあそうかもな。普通は恐怖の対象だもんな」

と、クスナッツは理解を示す。

「ああ、災害級の魔物だからな」

「それを従えるお館様は凄いよなあ」

「それには激しく同意する！」

「ていうかさ、うちの騎士様達も凄いよな？」

「ああ、ワイリーン男爵殿やヴァンペリート男爵殿は槍の達人だし、アイン殿は王国中に部下走らせて情報集めてくるし、エルビス隊長は、人だらけのスネークス辺境伯領の治安維持を担ってるし、極め付きはミルコ殿。あのお館様にずっと付き添ってて、まだ生きてる！」

〝まだ生きてる〟の言葉に、２人で笑いあう。

だがその後、クスナッツは、交代の者と見張りの番を引き継ぎ、見張り塔から下りて食堂で飯を食いながら、その〝まだ生きてる〟の言葉を思い出す。

ここに勤め始めてから、領兵達や使用人達にいろんな話を聞いた。

お館様が軍に入って、最初に出くわしたオークキング。

普通なら、戦闘で殺されていてもおかしくない魔物だ。

次にトロール。アレを部下と２人で倒したとか、どこの御伽噺だと言いたい。

サイクロプスを１人で倒す？　どこの英雄様？

極め付きはワイバーンだ。１人で囮になるとか、もう無茶苦茶だ。

だが、それはまだお館様だからと、無理矢理納得できる。

だが、その部下達。

噂に聞くウェイン殿も、１人でサイクロプスを倒すとか。メンタル王国で強さは五指に入ると聞くが、ワイリーン男爵殿やヴァンペリート男爵殿は、それほどではなくとも、実力者であるから、生き延びているのに納得できもする。

あの２人の実力は、この領地に来られた時に、訓練されていたので見て分かっている。

だが、ミルコ殿はあの２人に比べて、武力は１枚も２枚も落ちる。

なのに生き残っている。

それもお館様が、曹長の時からずっと同じ場所に同行していてだ！

よく話を聞かせてくれるコルトン殿も、同じ部隊だったが、コルトン殿はワイバーンの時にはその場に居なかったらしい。

クスナッツは、そんな事を考えながら、

「人の生き死には紙一重ってことか。運命とでも言うのかな？　まあ、俺がここで働かせて貰えているのも、不思議なことだしな。やれる事を精一杯やって、認めて貰うだけだ」

そう口から言葉を漏らした時、

「そうだな。それで良いと思うぞ」

と、背後から声がした。

驚いて振り向くと、そこにはエルビスが居た。

「隊長！　驚かさないで下さいよ！　せめて足音くらいたててください！」

クスナッツがエルビスに言うと、

「普段から足音をたてないように訓練しておかないと、いざという時、敵に見つけられてしまうだろうが！」

エルビスが、少し声を大きくして言った。

「そりゃそうですけど、じゃあ声かけながら来てくださいよ」

と、まだ文句を言うクスナッツに、

「グダグダ言わずに早く食え！　お館様がお呼びだ！」

そう言われては、クスナッツに返す言葉はない。

ひたすら食事を飲み込んでいき、２分後には食事を終わらせたのだった。

エルビスがドアをノックし、

「お館様、エルビスです。クスナッツを連れて来ました」

と言うと、

「来たか。入れ」

と、パトリックの声を聞き、ドア開けたエルビス。

２人が入室するとパトリックが、エルビスに連れてこられたクスナッツを見て、

「おう、クスナッツ。急に呼び出してわりーな」

と、軽い感じでそう言った。

「いえ、お館様！　お呼びにより参上致しました！」

と、踵を揃えて敬礼するクスナッツ。

「うむ！　では辞令を言い渡す！　クスナッツ、貴様に本邸警備隊監視部主任を命ずる！　今後も任務に励むように！」

と、言い渡したパトリックに、

「はいお館様！　今後も全力で任務に当たります！」

と、大声で返事したクスナッツ。

「よし！　しっかりと励めよ！」

「勿論でございます！」

とのやりとりの後、エルビスと部屋を出たクスナッツは、

「で？　本邸警備隊まではわかりますが、監視部って何です？　主任って？」

と、エルビスに尋ねる。

「監視部は、今日新設された部署で、本邸周りの監視をする者達が、所属する部署の事だ！　ほかにも警備部や設備部などがある」

と、エルビスがクスナッツに応える。

「新設ですか？　で、主任ってのは？」

「主に仕事を任される人ってのを、縮めて主任と呼ぶらしい。ようは部の長の事だ。監視部、つまり見張り系は、全てお前が管理しろってことだ」

「ええ!?　今まで隊長がしてたじゃないですか！　何でまた？　てか、私はまだまだ新参者ですよ？」

と、声が大きくなるクスナッツ。

「今まで全部俺がしてたが、人が増えすぎてもう限界だ！　領地の治安に屋敷の警備、新兵の訓練。やることが山盛りだ！　なので部署毎に責任者を作って、任せる事にした！　お前は面倒見が良い

し、同僚とも上手くやってるから、俺が推薦した。良かったな！　出世だぞ！」

と、少し本音を漏らしながらエルビスが言った。

「ありがたいですけど、良いのかなぁ？」

「大丈夫だ！　お館様の決定に逆らうやつは、ウチには居ない！」

と、エルビスが笑い混じりでそう言った。

「そりゃま確かに！」

そんな話をしながら、屋敷で働く兵達に、各主任の事を告知していくのだった。

数日後、

「エルビス、その後、主任にしたやつ達はどんな感じだ？」

パトリックがエルビスに問うと、

「皆、手探り状態ですが、けっこう良い感じかと。特にクスナッツは、元王都スラムのボスだけあって、人の心を摑むのが上手いですね。部下に飯や酒を奢って、酒の場での本音の意見を聞いて、改善したりしてます。それに最初から、無限ランニングをやり遂げた根性もあるし、もう少し様子見してからですけど、本邸の警備隊を全て任せても大丈夫かもしれません」

と、エルビスがパトリックに報告する。

「それならその方向で頼む。お前には帝国との戦で頑張って貰わないといかんのでな。領地の治安や屋敷の警備は、早めに他の者に責任者を移行してしまいたい」

と、パトリックが真剣な顔で言った。

「領兵達、特に新兵を鍛えておきませんとね」

「ああ、帝国の奴らがどれくらいの規模で、攻めて来るのか分からんからな」

「はい、西方面軍と連携して準備しておりますが、やり過ぎてダメって事はないので、やれる事はしておきます」

「ああ、予備の武器や食糧、ポーションなど、金で解決できるものは全て任せろ。お前は人材の方を頼む」

そう言ったパトリックに、

「頼まれました！」

少し笑ってエルビスが答えた。


月日は2ヶ月ほど流れたある日、王都の屋敷に戻ったパトリックは、アインからの報告を受ける事になる。

「で、何かあったのか？」

ソファに座るパトリックに、

「2点ほど報告が」

と、アインが向かい側に座って話し出す。

「ふむ、聞こうか」

「では先《ま》ず、先のワイリーン殿やヴァンペリート殿と、同じ時に貴族になった男爵達で、スネークス否定派の家のいくつかが、いよいよ領地を運営出来なくなりました」

その報告に、パトリックはソファの背もたれから、背中を前に移動させ、

「ほう……」

と、興味を示す。

「主な理由は、積み上がった借金の額と、領兵の維持不能と、残った農民達からの反発ですね。何せ魔物の駆除すら出来なくなり、農作物に被害が多数で、農民達ですら移住する者まで出てきてるようです。派閥の長に何とか援助をと申し出てるようですが、そこもウチとは交易が無い家が多いですから、内情は苦しいかと」

「まあ、そうだろうな」

「はい、どう立ち回ってどう動くか。他の家と協力してウチに仕掛けてくるのか、ウチの高利貸しから金を借りている貴族は、部下に動向を探らせております」

「協力して攻めて来そうなら、いくつかの家に金か食糧援助するから裏切れと唆してやれ。それで分裂するさ。協力なんかその時点で終わるさ」

「かもしれません。一応、警戒はしておきます」

「ああ、そうしてくれ。で、もう1つは？」

と、先を促すパトリック。

「ベンドリック宰相の動きが妙なんです」

アインの言葉に、

「む？」

とパトリックは、さらに前傾姿勢になり、眉をひそめる。

「国庫の金を国王陛下からの命令で、アボット辺境伯領の新砦建設に回している事は、すでに報告済みですが、その金の流れに不審な点があります」

「ウチに金貨1枚すら回してこないのに、懐に入れてやがるのか？」

「懐というより、おそらくマクレーン第3王子にです」

「なに？」

「現在、陛下がウィリアム王太子殿下に、仕事を少しずつ回して、執務を緩やかに移譲していっておられます。そこにマクレーン第3王子の入るスキはございません」

「当然だな。入られるとややこしくなる」

「はい。その通りです。なのに外交部門にいる者達が、マクレーン第3王子派の宮廷貴族で占められつつあります」

「なに？　そんなはずないぞ？　ウィリアム王太子派の宮廷貴族のほうが多いはずだ」

と、パトリックが否定したが、

「モルダーの店に来た外交官が、口を滑らせまして、どうやら宰相から回って来た金で、宮廷貴族を買収しているようで、表向きウィリアム王太子派でも、裏でマクレーン第3王子派という感じで、色が変わりつつあるようです」

「ベンドリック宰相とマクレーン第3王子の関係はたしか……」

「ベンドリック宰相の末娘とマクレーン第3王子の婚約が、決まりつつあるようです。第2王子の反乱のおりに、反王家派が壊滅してから、陛下は「婚姻は本人同士の意向を重んじる」と明言されましたから、マクレーン第3王子が結婚したいと言えば、陛下はお許しになると思います」

「つまりあれか、マクレーン第3王子を国王に据えて、ベンドリック宰相は王の妃の父になりたいわけか？」

「というより、マクレーン第3王子を傀儡《かいらい》として王位に就けて、後ろから国の支配を目論んでいる可能性も」

「何度も会っているが、そんな風に見えなかったがなぁ」

「数ヶ月前に、新しい執事を雇ってから様子が変わったと、モルダーの店に来た客が口を滑らせたそうです。クビになった使用人が多数いるそうです」

「新しい執事？　侯爵家が、何処の馬の骨か分からんヤツを雇うのか？　そいつの入れ知恵としても、新参者の言うことをすぐ聞くのか？　それ、ケセロースキー家も知ってるのか？」

「それが、ケセロースキー家も一枚嚙んでそうなのです」

「なにっ？」

「カイル殿の婚約者がベンドリック宰相の2番目の娘です」

「あ、ダメだこれ。荒れそうだ」

パトリックとアインの話は続く。

「まだ目立った行動も金くらいで、多数派工作だと言われれば、どこの家でもやってる事ですし、どうする事も出来ず、せいぜい横領で罰金くらいでしょうか。調査部に進言でもしようものなら、ケセロースキー家が握り潰して、陛下のお耳には入らないでしょうし、仮にお館様から陛下に進言しても、証拠がありませんし」

と、アインが言うと、

「だなぁ。様子を見るしかないのか？」

と、腕を組んで考え込むようにして、パトリックが応える。

「警戒しつつという感じでしょうか」

「ウィリアム王太子殿下は、お優しい方だし言っても信じて貰えるか、かなり微妙だからなぁ。だが、報告しないわけにもいかないか」

「そちらも少し、妙な事になっておりまして」

「ん？」

「王太子殿下にも、ベンドリック宰相がすり寄っていまして」

「え？」

と、目を見開くパトリック。

「実はエリザベス王太子妃殿下が、ご懐妊されております」

「本当か？　そりゃめでたいが」

「はい、公表は安定期に入ってからだと思われます。が、ご懐妊されたということは、側室、第2夫人の解禁となります」

「あ、なるほど読めた。側室に娘を押し込む算段か」

「はい。ウィリアム王太子殿下に4番目の娘を押し込む気のようで、見合いの席を設ける工作をしています」

「以前なら、家同士のバランスとかの兼ね合いで、2人の王位継承者に妻を出すなど、不可能だったが今なら出来るのか？　陛下がそれを許すかな？」

「ここで先の話にも出ましたが、王子の婚約には本人の意向との言が……」

「マズいな」

「ウィリアム王太子殿下が、ベンドリック宰相の娘を受け入れてしまうと、ベンドリック宰相の力が増す未来しか見えません」

「だなぁ。どちらが国王になってもって事か？　なかなかエグいなぁ。で、ウチの金を西の防衛で使わせて削り、自分の家の力を確固たるモノにすると。しかしベンドリック宰相の奴め、いったいどういうつもりだ。王太子殿下の側室に娘を入れるならば、最初からそちら狙いでいけば、ある程度目的は達成できるだろうに。正妻の子でなくとも王になる可能性はあるし、生まれる第1子が男とも限らんのだし。わざわざマクレーン第3王子に娘を嫁がせる目的はなんだ？　可能性では満足できんのか？　いや待てよ？　家庭の中から、王太子殿下の家を崩壊させて助けるフリをして、その見返りに第3王子に王位を移譲させるつもりか？」

「あり得ます！」

「金はどれほど流れていそうだ？」

「砦建設費として計上されている数字を、アボット辺境伯の所の間者と、情報を摺り合わせましたところ、おそらくマクレーン第3王子に10分の1ほど流れているかと」

「大金だな、アボット閣下に報告は？」

「あちらの間者と情報を共有しましたので、耳に入っているかと。どう致します？」

「金の細かい数字の流れを、なんとか摑んでくれないか？　誰にいくら流れたのかを。その数字で陛下に報告してみる」

「はい、ではもう少しお時間を頂戴いたします。何せ財務部や外交官の口が堅くて」

アインが少し愚痴をこぼす。

「普通なら、口が堅くて信用出来ると言うところだがな」

と、パトリックが少し笑う。

「さすがに拷問して、それがベンドリック宰相にバレると、証拠隠滅されてしまいますので、する訳にもいきませんし」

「まあ確かになぁ。詳細がわかったら、ウィリアム王太子殿下にも陛下と一緒に御報告して、警戒して頂かねばならんな」

「では、アボット辺境伯家にもお館様の考えを伝えておきます」

「ああ、そうしてくれ。いや待て、ライアン殿の妻のクロージア様は、マクレーン第3王子の姉だったのを忘れていた！　これ以上の報告はせず、アボット辺境伯家の動きも注視しておけ」

「承知しました」

この時、パトリックは拷問してでも口を割らせろと言うべきであった。

何故なら……

メンタル国王陛下崩御。

アインと話していた20日後、パトリックはこの報を、スネークス辺境伯領で聞く事となった。

第十三章　内乱再び

「お館様！　一大事です！」

スネークス辺境伯領の屋敷の執務室に、あわただしく駆け込んできた、王都に居るはずのアイン。

「何事だ！　ノックもしないとはお前らしくもない」

と、パトリックが咎めると、

「お館様、それどころではありません！　陛下が崩御なされました！」

と、大声でアインが叫ぶ。

「なにっ！　本当かっ!?」

と、パトリックが目を見開いて、アインに聞き返すと、

「はい！　そしてマクレーン第3王子謀反です！」

と、さらに衝撃的な報告が、アインの口から発せられた。

「そんな馬鹿な！　ウィリアム王太子殿下は!?」

「王太子派の近衛と、カナーン王宮魔術師殿の手を借り、エリザベス王太子妃や、王妃とともにディクソン領に逃げる事に成功され、無事です！」

「デコース兄でかした！」

　パトリックが思わず叫ぶ。

「現在、王都は非常事態宣言が発令中。３軍のガナッシュ中将を中心とした第３王子派貴族と、サイモン家を中心とした王太子派貴族が一触即発状態」

「状況は!?」

「現在は睨み合いの状態です。王都のお館様の屋敷に、前に報告していた反スネークス派の男爵同盟が便乗して、攻めてきましたが、屋敷に詰めていた毒蛇隊が撃退しました。ですが、これにより王都スネークス邸で働く者と、その家族の安全確保を最優先し、皆を連れこちらに避難して来ました。アストライア殿の指示で、書類関係も粗方持ち出しました！　今はアストライア殿は、執事のサンティノ殿と皆の宿泊先の選定をしています」

　と、一気にアインが言い切った。

「雑魚がウチを潰すチャンスと見たか」

　と、忌々しい表情でパトリックが言うと、

「それと、ベンドリック宰相の息のかかった貴族が、南に向け領軍を進軍させ、現在ディクソン侯爵領兵、カナーン伯爵領兵合同部隊が、これと対峙しており膠着状態。マクレーン第３王子は、ウィリアム王太子殿下が国を捨てて逃亡したと宣言し、王位は私が継ぐと公言しております」

「無茶苦茶だな。あのガキ、ヘンリー第2王子の時に助けてやった恩を忘れて、ふざけた事を言いやがって！　それで8軍はどうしてる？」

「ミルコ大尉の指示で、ヴァンペリート少佐率いる走竜隊は、ディクソン侯爵領に応援に向かいました。ワイリーン少佐率いる馬隊は一部馬車隊と共に、コナー子爵領にて、反スネークス男爵同盟軍が西に来るのを阻止すべく展開中。ミルコ大尉は残りの馬車隊と共に武器を集めてからこちらに向かう手筈です」

と、一気に言ったアイン。

「流石はミルコ」

パトリックが、この場に居ないミルコを褒めた。

「それと、うちで手懐けた外交官から、垂れ込みがありまして、南のプラム王国の動きが怪しいようです。国境沿いに軍を集結させつつあるらしいです。おそらくマクレーン第3王子派の外交官が、色々動いて示し合わせての行動かと」

アインが話を続ける。

「マクレーンのガキ、プラム王国まで巻き込んで、獣人達と協力してディクソン侯爵家とカナーン伯爵家を潰すつもりか!?　いや、その前からの行動だから、謀反の戦力にするつもりだったのか？南方面軍の指揮官はウィルソン少将。やつの派閥だったたか。マズいな」

パトリックが左手の人差し指で、左のこめかみを叩きながら、そう呟いた。

「どうされます？」

「とりあえず王都は、アンドレッティ御大やサイモン大将とウェイン達に任せて、俺は南へ飛ぶ事にする！　プラム王国を抑えてしまわないと、挟み撃ちになればウィリアム王太子殿下を、いや、もうウィリアム陛下だな！　陛下をお守りするのは厳しいだろう！　コッチはエルビスと、今こちらに向かってるはずの、ミルコに任せる！」

パトリックがアインに言うと、

「では、ミルコ殿には到着次第、伝えますのでご指示を」

と、アインが聞いた。

「俺が鼻歌混じりの時を想定して、動けと伝えろ！」

パトリックがそう言うと、

「はっ！　つまり極悪バージョンですね！」

と、アインが言ったのだが、

「いや、アレは通常攻撃バージョンだが？」

と、何を言ってるんだという顔のパトリック。

「え？」

と、聞き返したアインに、

「え？」

と、聞き返すパトリック。

「お館様が鼻歌を歌っている時は、かなりエグいのですが？　無慈悲というかなんというか」

と言うアインの言葉に、

「余計な事考えないように、鼻歌歌ってるだけなんだが？　たんたんと行動する為に」

と、返したパトリックだが、

「つまり無意識の極悪ということですよね？　無意識なら優しくないから、極悪で合ってるかと」

と、極悪で間違いないと言い張るアイン。

まあいいかと、言い返すの諦めて肩をすぼめたパトリックは、

「まあ、なんでもいい！　とにかく任せる」

と、アインに言った。

「了解致しました」

と、応じたアインに、

「それと、北のアボット辺境伯家のほうは、どうなってる？　動きは？」

と、さらに言うと、

「アボット辺境伯家とは、最近連絡を控えておりましたので、正直分かりません。監視していた者の報告では、目立った動きもないようです」

アインの報告に、

「ライアン殿の妻のクロージア様は、あのマクレーンのガキの姉だからな」

「動く可能性がありそうですか？」

「アボット辺境伯閣下が居るから、クロージア様の事ぐらいで裏切るとも思えんが、ライアン殿の暴走も無いとは言いきれん。どの道、どちらかに付かねばならんだろうしな。アボット辺境伯家と面識の無い間者を走らせ、情報を仕入れろ」

「承知しました」

アインが、そう言って頭を下げた。


時は少し遡る。

メンタル王国城の謁見の間に置かれた、豪華な棺。

その中には、少し痩せた王の亡骸。

多くの人が見守る中、その棺の前に立つ1人の男性と1人の女性。

王の葬儀ともなると、全貴族を集めて執り行われるため、死後数週間経ってから行われる。

となると、遺体が腐敗してしまう。時魔法でも完全に止める事はできないからだ。

そのため、匂いなどを防ぐために石の棺に納め、蓋をして隙間に蠟を塗り密閉する必要があるのだ。

なので、棺を閉める前に、最後の別れの挨拶をしていた、ウィリアム王太子夫妻。

だがある言葉によって、別れを邪魔された。

「兄上死ねぇ！」

それは兄上と呼ばれた、ウィリアム王太子にとって、予想し得ないものだった。

剣を振り上げたその声の主は、マクレーン第3王子。

腹違いとはいえ実の弟で、ウィリアム王太子の認識としては、良好な関係だと思っていた。

突然の事で驚いたウィリアム王太子は、武器も持っていなかったため、妻の身を庇うのが精一杯であった。

マクレーン第3王子が、まさに剣を振り下ろそうとしたその時、

「ファイアボール！」

そう叫んだのは王宮魔術師、デコース・フォン・カナーン。

デコースは、全文全てを詠唱しなければ、発動させる事ができなかった魔法を、絶え間なく必死で訓練した成果により、ようやく前文を省略し魔法名だけで、魔法を発動することに成功していた。

〈魔法を使用する時の詠唱は、前文（我が掌に～）と魔法名（ファイアボール）を合わせて全文。エルフやドワーフは、覚えてしまえば、魔法名だけで魔法が発動するが、デコースは全文詠唱しなければ発動しなかった魔法を、前文を省略してもなんとか発動するように訓練し成功した〉

全文詠唱した時に比べて、2割程度の威力しか出なかったのだが。

大きさは、ピンポン球程度しかないファイアボールが、マクレーン第3王子が握る剣に当たり、飛ばされた剣が床に転がった。

「くっ！　カナーンめよくも！」

マクレーン第3王子が、叫びながらデコースを睨みつけるが、そんなマクレーン第3王子から目を離さずにデコースが、

「殿下方、お逃げください！　ここは私が食い止めます！　近衛！　殿下達の警護を！　脱出しろ！」

デコースのその叫びに、

「う、うむ、助かったカナーン。すぐに後から来てくれるよな？」

ウィリアム王太子の言葉に、

「もちろんです！　私は王宮魔術師ですよ？　早々に死んだりは致しません。行って下さいっ！」

少しだけ振り返って、ウィリアム王太子の目を見て叫んだデコース。

「すまない！」

そう言い残して、近衛に護衛されながら走り去るウィリアム王太子達。

「さて、とっさで魔法名しか言えず、あの程度の威力だったが、詠唱した私に歯向かうヤツは居るか？　我が掌から射出せよ……」

詠唱を始めたデコースを前に、

「に、にげろっ！　本物のファイアボールがくるぞっ！」

と、マクレーン第３王子の取り巻きの近衛が叫んだ。

「ちっ、カナーンめ！　皆の者！　一旦下がって迂回してウィリアムを捕らえろ！」

マクレーン第３王子が、そう言いながら、ウィリアム王太子達とは別の扉から走り去る。

マクレーン第３王子派が消えた謁見の間で、１人残されたデコースは、

「パット……お前ならこの危機、どう乗り切るのかな……さて、殿下を追うとするか」

そう言って、ウィリアム王太子が出て行った扉を開けて、走り出したデコース。

石の棺が蓋を開いたまま、ポツンとその場に残されている。

王の遺体を、その棺に納めたままで。

〰〰〰〰〰〰〰〰

王宮近衛騎士団の馬車が、馬に乗った王太子派の近衛騎士団員に警護されつつ、街道を南に駆けていた。

中に乗っているのは、ウィリアム王太子夫妻に、第１王妃とアンドレッティ王宮近衛騎士団長。

向かうは、王太子妃の実家のディクソン侯爵領。

なぜ王都から出たのかというと、城を出たウィリアム王太子に襲いかかってきたのが、ガナッシ

ュ中将とその部下達だったからだ。

ガナッシュ中将はマクレーン第３王子の伯父であり、ベンドリック宰相とも懇意であった。

なんとかガナッシュ中将達の攻撃を避け、アンドレッティ王宮近衛騎士団長のもとへと、逃げのびたウィリアム王太子は、事情を説明した時、異変を感じ現れたサイモン大将とも合流。

それにより王都軍が、ウィリアム王太子派のサイモン派対、マクレーン第３王子派のガナッシュ中将派で睨み合い状態に。

王都ではウィリアム王太子達の安全確保に問題ありと見た、アンドレッティ王宮近衛騎士団長の発案により、王太子妃の実家のディクソン侯爵家に身を寄せる事にしたのだ。

「皆すまぬ、私が不甲斐ないばかりに、父王に最後の挨拶すら満足に出来ずにこの状況だ」

馬車の中で詫びるウィリアム王太子に、

「殿下は何も悪くありません、マクレーン様は何故あんな事を」

と言ったのは、王宮近衛騎士団長の、アンドレッティ少将。

「マクレーンがというより、おそらくベンドリック宰相でしょう。奴の娘とマクレーンは既に深い仲との噂。正式に式を挙げてないだけで、夫婦同然。マクレーンが王位に就けば、権力を握れると踏んだのでしょう。ベンドリック宰相は私にも、妻の妊娠を知った途端に、娘を側室にと言ってきていたから。やんわり断ったら父に進言してまで、私に娘を押し付けようとしていたし、父も最近のベンドリック宰相の様子が、少しおかしいので断ったのだが」

と、ウィリアム王太子が言うと、

「私の妊娠が引き金なのでしょうか……」

と、気落ちした声を出したエリザベス王太子妃。

「そんな事ありませんよ、貴女は望まれた子を身籠っているのです」

と、ウィリアムの母である王妃が言う。

「その通りです。マクレーン殿下は、ベンドリックに言いくるめられたのか、ずっとチャンスを狙っていたのかはわかりませぬが、ガナッシュのやつは、私が大将を辞した時、スネークス中将が2軍と8軍の指揮を執る事になった時、少しだけ不満げな表情をしてましたし、甥を王位に就けて大将の座を狙ったのかと」

と、フォローするアンドレッティ王宮近衛騎士団長。

「カナーンは、上手く逃げ延びてくれただろうか？」

ウィリアム王太子が心配そうに言うと、

「カナーン王宮魔術師殿は、人族初の魔法使いです！　大丈夫ですよ。魔法だけでなく近衛時代に鍛えた、槍や剣の腕もありますから！」

アンドレッティ王宮近衛騎士団長はそう言い、ウィリアム王太子の不安を取り除くのだった。

その頃王城の一室では、

「ウィリアムに逃げられたようですな」

と、１人の男が言う。

その男は整った顔だちと、黒い肌を持つダークエルフだった。

「ああ、全く役立たず共めが！　マクレーンも黙って斬り殺せば良いものを、わざわざ叫びよってからに」

と、謁見の間から戻ってきた男が言った。

「マクレーン殿下も、まだ子供という事でしょうな。叫んで自分を奮い立たせなければ、人を殺せないようでは、王の器ではないですね。ですがベンドリック閣下、その方が操りやすいですので、上手く使うべきかと」

ダークエルフの男がそう言う。

「アーノルド、分かっておる。マクレーンには生きていてもらわねば困るのでな。娘が男児を産むまではな！　本当はウィリアムの方に娘を嫁がせて、そちらで男児が欲しかったのだが、ウィリアムは数回会っただけで、遠回しに断ってくるし、王は王で、本人が乗り気じゃないと聞く耳持たぬし、マクレーンだけはなんとか手懐けたから良かったものの、全く腹の立つ一族だ」

と、ダークエルフの男をアーノルドと呼んだ、ベンドリック宰相。

目の焦点が少しオカシイ。

「まあ良いではないですか、このままマクレーンが王になれば、この国は貴方の意のままなのですから」

アーノルドと呼ばれたダークエルフの男が、楽しそうに言う。

執事服を着込んだその男は、口元を緩めている。

「本当なら王にも、もう少し長生きして貰う予定であったが、結婚に反対したので、早々に退場して貰った。しかしお前の調達してきた毒薬は、よく効くのう。毎日の夕食のワインに一滴垂らすだけで、あの痩せ細り方だ」

「アレは我が一族の魔法使いにしか作れない、特別な毒薬でございますので。入手に大金を使いましたが、効果は抜群でしたでしょう?」

「ああ！　それに最後の薬も特別なのだろう？　飲んでから数時間後に効くなど、アリバイ作りにもってこいだ」

「アレはさらに値段が張る薬ですが、突然心臓の動きが止まる、暗殺にはもってこいの薬ですから！」

「だな！　疑われてもそれを証明する術も無いだろうし、完璧だな」

ベンドリック宰相は、アーノルドを褒める。

（クックック、上手く術が効いておるわ。すんなり事が運んで王を暗殺したが、その後が予定が狂

ってしまったがな。まあどうせウィリアムとは対決になるしな。メンタル王国を乗っ取ってザビーン帝国に仕返しするのだ。ザビーン帝国に潰された我が国の怒りを思い知らせてやる！）

そう思いながらアーノルドは、心の中で叫んだ。

（ザビーン帝国を潰す！）

右手を固く閉じて、握り拳を作りながら。

その頃、反スネークス男爵同盟達は、王都スネークス辺境伯邸襲撃の失敗を取り戻すべく、西に進路を取っていた。

領兵や屋敷の兵士を引き連れ、街道を進み行き、コナー子爵領に到達した時、街道で待ち構えていたワイリーン率いる、８軍の馬隊を発見する。

「馬鹿が、こちらから丸見えなのに、呑気に待ち構えておるぞ。馬とは駆けさせてこそ。突っ立ってるとはな。軍事を知らぬとみえる」

１人の男爵がそう言うと、

「所詮はスネークスの犬、飼い主が居なければまともに動けぬのさ。あの程度の数では馬が居ようが、我らの方が圧倒的に多い。蹴散らしてやろうぞ」

と、もう１人が笑いながら言った。

「馬に弓矢を当てれば、振り落とされて我らの餌食だな！」

別の男爵が、会話に入ってくる。

「我らの怨みを思い知らせてやろうぞ！」

そう言って、街道に待ち構えている8軍に向かい突撃してきた。

先頭を走る反スネークス男爵同盟の馬が、突然倒れる。

振り落とされた、反スネークス男爵同盟の兵士が、自分が落ちた地面に、ピンと張られた細い縄を見つける。

「な！　縄だと？　罠か！」

数頭の馬が倒れ、その馬を踏みつけてしまう後続の馬がまた倒れる。

「くそっ！　気をつけろ！　罠を仕掛けてやがるぞ！」

誰かが叫んだが、それをちゃんと聞いた者がいたのだろうか？

縄の罠を抜けた馬に、次々と弓矢が刺さる。

その矢を放ったのは、藪の中から出てきた、異様な模様の服を着た兵士達。

馬の後に続いていた歩兵達は、慌てて槍を構えたが、もう流れは変わらない。

降り注ぐ矢に気をつけても、小さな手裏剣までは気が回らない。

そう、手裏剣が届く位置にも、8軍が潜んでいたのだ。

「くっ！　こんな近くにも！」

「いったいどこに居たんだ！」

そう言って混乱する、反スネークス男爵同盟の兵士達。

「当主は殺さず捕縛しろ！」

ワイリーンの声が戦場に響く。

鍛え抜かれた8軍と、急に束ねられ連携の取れぬ反スネークス男爵同盟兵とでは、結果は火を見るよりも明らかであった。

兵士だけではなく、男爵当主達すら、8軍達にはなす術がなかった。

哀れ捕縛された反スネークス同盟の男爵達は、コナー子爵の屋敷の庭で、簀巻きにされて転がされる事になる。


〜〜〜〜〜


パトリックは領地から飛び出した。

文字通り飛んで出たのだ。プーの背に乗りペーを引き連れて。

目指すは南のプラム王国との国境地帯。

先ずは西から、真っ直ぐ南方面軍の砦を目指す。

何故なら、南方面軍の指揮官であるウィルソン少将は、マクレーン第3王子派なので、先ずはその不安を取り除くためだ。

ベンドリック宰相派の兵と南方面軍とで、ディクソン侯爵領を挟み撃ちされてしまうと、ウィリアム王太子の命が危なくなる。それだけは避けねばならない。

途中の山に邪魔されないように、高高度を飛んだプーとペー。

「さ、寒い……」

パトリックは、プーの背の上で震えていた。

コートかと言いたくなるような軍服のおかげで、多少マシではあるが、顔には強い風が当たるし、襟はソーナリスが閉じられないようにデザインして作ったため、首元から冷たい空気が入り込んでくる。

そして、プーとペーの飛ぶスピードが速いため、さらに体感温度は低くなる。

「マフラーくらいして来ればよかったな……」

そう言ったパトリックだが、今更取りに戻るわけにもいかないので、我慢するしかない。

遠くにようやく砦が見えてきたので、パトリックがプーに高度を下げさせると見えてきたのは、今にも砦から出発しようとする、師団規模の部隊。

「ヤバかった。ギリギリだったな」

そう独《ひと》り言《い》ってパトリックは、プーの手綱を摑むと、

「プー、あの部隊の上空で停止しろ。高度は弓の矢が届かない高さで！」

と、指示するのだった。

南方面軍の指揮官である、ウィルソン少将は、ディクソン侯爵領を目指して出発する為、馬に跨ったのだが、部下の兵士達がザワザワとうるさくなったので、

「貴様ら！　何を騒《ざわ》ついとる！」

と、部下を怒鳴ったのだが、部下からは、

「少将！　それどころではありません！　アレを！」

と、上空を指差した兵士。

その指が指し示す方向に、顔を向けたウィルソン少将は、

「なっ！　ワイバーンかっ！　東方面軍の奴ら、２匹も逃しよったな！　この大事な時に！」

と、顔をしかめる。

「少将、ワイバーンにしてはおかしな点があるのですが……」

「なんだ？　とりあえずバリスタの準備をさせなければやられるぞ！」

「ワイバーンに無いはずの腕が見えるのですが？」

「なにっ？」

「それに、頭部に角が見えるのですが……」

「ええ!?　ま、まさか？」
「トドメとばかりに、鎧が付いてるように見えるのです……鎧の付いた翼竜といえば……」
そう言われてウィルソン少将は、上空を飛ぶ生き物をよく見る。
「た！　確かに腕と角がっ！　翼竜だっ！　しかも鎧が付いてる！　あの家紋！　死神だ！　奴はディクソン侯爵側だ！　総員砦に逃げ込め！　至急バリスタの準備をっ！」
慌てて大声で叫ぶウィルソン少将の顔には、焦りの色が見て取れた。
南方面軍が、門に群がるようして砦の中に逃げ込むのだが、プーはパトリックを背に乗せたまま、かなりのスピードで近づいていく。
「え？　プー、高さが低くない？」
と、高度が低くなった事に、疑問を投げかけたパトリックに、
ギャウギャッグガ
「ビビらせてから高度を上げる？　どこでそんな悪知恵仕入れたの？」
ギャギャ
「あ、ソナね……てか、ソナの言う事聞き過ぎると、ヲタク竜になってしまうぞ？」
パトリックがプーに言うと、すぐ隣を飛んでるペーが、
ギャギャギューガガ
と鳴いた。

「あ、もう遅いのね……」
ペーの鳴き声は、パトリックに諦めろと告げていた。
プーは、南方面軍の砦の門から伸びる街道を、地面スレスレに飛び、砦に入りそびれてしまった馬を一頭、腕で攌んだ後に急上昇した。
そして砦から、
砦から弓矢が放たれたが、そんなもの届く高さではない。
「放てっ！」
と、叫び声にも似た声が聞こえたと同時に、10数本のバリスタの矢が、プーとペー目掛けて飛んできた。
だが、
ギャウ
ギー
2匹の鳴き声で、プーの前面に展開された漆黒のモヤにバリスタ矢は吸い込まれ、ペーの前面に展開された氷の板に、バリスタの矢は弾かれた。
「見事なもんだなぁ。さすが翼竜って事か」
パトリックは2匹を褒めた後、
「南方面軍達よっ！　私は、王都軍中将のパトリック・フォン・スネークスだっ！　貴様らの任務は砦の警護と、南部地方の治安維持のはずだっ！　それをよく理解していると思っていたのだが、大部隊で何処に行くつもりだったのだ？　特に指揮官のウィルソン少将っ！　貴様よもやディクソン侯爵領に向かうつもりではあるまいなっ！　あと、私への攻撃は、知らなかった事にしておいて、不問にしてやるが、次は私への反抗と見なし、即座に反撃する！　心しておけっ！」

パトリックのドスの利いた声が響く。

ムシャムシャ

「わ、私はディクソン侯爵がウィリアム王太子殿下を人質に取って、謀反を起こしたと聞いたから、鎮圧に向かおうと思っていただけで……」

と、ウィルソン少将がビビりながら答えた。

クッチャクッチャ

「ふむ。ではウィリアム王太子殿下を助けるという事でいいのだな？」

と、パトリックが問いかけると、

「いや助けるとか助けないとか、そんな事は今考えることではなくてですな、その、とりあえずディクソンを……」

バリバリッ

「行った先で、間違えてディクソン領兵を倒すつもりが、ウィリアム王太子に矢が当たって殺してしまいましたとか、言い訳するつもりなら、今こいつが食ってる馬のように、貴様を食わせるが良いな？」

　そう、さっきから咀嚼音がしていたと思うが、プーが一瞬の低空飛行で、瞬時に捕まえた馬を飛びながら食っていたのだ。

　そしてその時、プーが首を齧り切ったため頭部が下に落ちてしまった。

　馬の頭部が落ちた先に居たのは、ウィルソン少将。

　ウィルソン少将の目の前に、馬の頭部がドスンと落ち、その少し後に、馬の血液が落ちてきて、少将の顔を赤く染めたのだった。

　何も言わないウィルソン少将に、パトリックが、

「おいっ！　なんとか言ったらどうだ！」

　と、怒鳴りつけたのだが、反応が無い。

「貴様！　都合が悪くなるとダンマリかっ！」

　と、再度怒鳴りつけたのだが、返事がない。

「ふむ、無視する気か？　ならばこちらから攻撃してやろう！」

　そう言ったところ、

「お、お待ち下さい中将！」

　ウィルソンの横にいた初老の男が、叫んだ。

「なんだ？」

パトリックが言うと、

「そ、その、ウィルソン少将なのですが」

「ウィルソン少将がどうした？」

「立ったまま気絶しております……」

「は？」

「白眼むいて、気絶してます」

「また、器用なマネを……」

と呆れたパトリック。

「抗戦する意志がある者はいるか？　相手になるぞ？」

と、少し高度を下げて南方面軍に、パトリックが問いかけると、

「降伏いたしますっ！」

と、初老の男が叫んだ。

「では、そのカスを簀巻きにしとけ！」

そう言って、プーに砦内部に降りるように指示するのだった。

◆◇◆◇

「では、もう一度確認するが、君達はディクソン侯爵が謀反を起こし、ウィリアム王太子殿下を人質にとって、立て籠もっていると聞いていたのだな？」

パトリックが確認すると、

「はい。救出作戦だと聞いておりました」

と、少将の副官である、キュベス大佐が答えた。

「なるほどな、おいっ！　そこの簀巻きにされて気絶してるカスを、横腹にでも蹴りを入れて叩き起こせ！」

パトリックが、その場にいる兵士に命令すると、

「は、はいっ！」

ボコッと、遠慮気味に蹴りを入れた兵士に、

「そんな蹴りで起きるわけないだろ！　殺す気で蹴り入れろ！」

パトリックが怒鳴る。

「はいっっ！」

ドスッと、良い音が響き、

「ウゲッゴホッゴホッ」

と、咳き込みながらウィルソン少将が目を覚ます。

「お。おいなぜ私が縛られている！　解け！」

と、モゾモゾしながら目の前の兵士に言う。

「やかましい！　このカスが！　ディクソン侯爵が裏切って謀反などと、適当な事ぬかしやがって！　貴様どうなるか解ってるんだろうな！」

パトリックが怒鳴ると、

「ひっ！」

と、少し怯えたウィルソン少将。

「貴様がここを出たあとの段取りは、いったいどうなっていた？　砦を解放させてプラム王国兵を、国内に導き王都に侵攻か？　プラム王国へはどう言ったのだ？　何か報酬でも約束したのか？　金か？　領土か？」

軽く殺気を放ちながら聞くが、

「知らぬ！　私は何も知らん！」

と、頑なに吐かないウィルソン少将。

「嘘だな。仮にもここの責任者だ。貴様を無視して話を進めるなどあり得ん。言いたくないなら、言いたくさせてやろう！」

そう言ってポケットから、折りたたみナイフを取り出したパトリックは、刃を出すと簀巻きのまま地面に転がされている、ウィルソン少将に近づいていくのだった。

砦に響く男の叫び声。

砦の壁に反響し、隅々にまで響くその声は、成人男性が普段出す声とはまるで違った。

それは、やめてくれと懇願する声と、激痛による悲鳴。

少し時間を巻き戻す。

ウィルソン少将は、簀巻き状態の身体を縛っていたロープを解かれ、今は椅子に固定されており、その脇で2人の兵士が身体を押さえている。

暴れて椅子ごと倒れないようにする為だ。

そして、さらに1人の兵士が左腕を机に押さえつけている。

パトリックは、押さえつけられた左手の、小指の爪の間にナイフを少しずつ差し込みながら、ゆっくり爪をペリッと剝がした。

痛みに絶叫する、ウィルソン少将。

爪が無くなり、剝き出しになった左手小指の指先を、ナイフの先端でツンツンと軽く刺してやると、その度にウィルソン少将が叫ぶ。

それを面白がって笑うパトリックに、その光景を見て顔を青くする、押さえつけ係の兵士。

パトリックの尋問を見届けると言った、副官のキュベス大佐は、ウィルソンの爪のない小指を直視したまま、微動だにしない。

小指の次は薬指、同じ作業をこなしていくパトリック。

中指、人差し指、親指と、左手の爪が全て剝がされ、指先はナイフが何度も刺されたために、ズタズタである。

「話す気になったか？」

パトリックが、ウィルソン少将に問いかけるが、

「し……らん、知らんぞ」

と、絞り出すように声を出したウィルソン少将。

「あっそ！　じゃ、続きいくか」

軽い感じで、ナイフを折りたたんで、ポケットに入れると、右腰にある剣鉈を右手で摑み、左手でウィルソン少将の左手を押さえつけ、ズタズタの指先に剣鉈を当て、スッと振り上げたかと思うと、そのまま指先に叩きつけた。

バンッと、剣鉈が木製の机に当たる音が響き、ズタズタの指先の肉が、机の上に転がる。

ウィルソン少将の叫び声など、気にした様子のないパトリックは、剣鉈をまた振り上げて落とす。

数ミリ単位で指先から、剣鉈で切り落とされていくウィルソン少将の左手の小指。

きゅうりを詰めた竹輪のような物体が、机の上に増えていく。

トマトソースがけの竹輪のようなモノなど食べたくはないが。

すでに左手の小指と薬指は、根本まで無くなっていた。

そして中指の先に剣鉈が振り下ろされようとした時、

「ソフィア王女だっ！　ソフィア第2王女を奴隷としてプラム王国へ渡す約束になっている！」

ウィルソン少将が観念したかのように叫んだのだった。

「軟禁中のソフィア第2王女殿下を交渉材料にか、マクレーンのヤツ落ちぶれたもんだなぁ」

「マクレーン殿下ではないっ！　ベンドリック宰相だ！　マクレーン殿下はそんな鬼畜のような事は言い出されない！」

「やかましい！　マクレーンも承認したのだろうが！　同じことだ！」

「ウグッ」

「プラム王国は、いつ王国に足を踏み入れるのだ？」

「明日、砦の東側から……」

「なるほど。ではひと暴れしてやるか」

やる気を見せたパトリック。

「そんな事したらプラム王国との友好がっ！」

と、ウィルソンが言ったが、

「王女を奴隷として受け取る約束をしておいて、友好などとふざけた事抜かすなら潰してやるわっ！」

そう怒鳴ったパトリックの黒い瞳が、さらに黒くなったように見えたのは、気のせいであろうか？

副官のキュベス大佐に向けてパトリックが、

「キュベス大佐！　ウィルソン少将……いやもう少将ではないな。ウィルソンを牢に入れて厳重に見張りを。死なせるなよ！」

と、言ったのだが、キュベス大佐から返事がない。

「キュベス大佐、どうした？」

パトリックがキュベス大佐の顔を覗き込んだのだが、

「いつからだ？」

と、小さな声で呆れて呟いたパトリック。

「スネークス中将、キュベス大佐はどうされたのです？」

ウィルソンを押さえつけていた兵が、パトリックに問いかける。

少し青い顔をしているが、吐きそうな気配ではない。パトリックは、問いかけてきた兵を見つめて、

「目を開いたまま寝てる」

と、苦笑いしながらこたえた。

なるほど、微かにイビキのような音が聞こえる。

「さすがキュベス大佐。だいたいの事には動じない、岩のキュベス！」

と、大佐を褒め称えた。

「うむ、図太いのは認めるわ！　目の前であんなに騒いでるのに、目を開いたまま寝れるとか、なかなかのもんだ」

「昨日は出撃準備で、寝てないと仰ってましたので。今日も馬車で寝ると、公言しておられましたし」

「よくサボる大佐なのか？」

「いえ、休まないのでこちらが心配になるくらいの、働き者の大佐ですよ」

「信じられんなぁ～」

パトリックがキュベス大佐の肩を揺らして、目を覚まさせるのだった。


〰〰〰〰〰〰〰〰〰〰〰〰〰〰〰〰〰〰〰〰〰〰〰〰〰〰

森の中に身を隠し、潜んでいた獣人兵士達。

数は１万を超える。

「よし時間だ。進軍開始だ！」

プラム王国兵の指揮官である、獅子族の男がそう言って、部隊に進軍を指示した。

全て歩兵だが、獣人の身体能力は高いので、馬などよりよほど速く走る事ができる。

そのため馬はほぼ居ない。食糧を運ぶ馬車にだけ馬が居るような感じだ。

森の木々を飛び交う猿の獣人が、斥候役となり、先行していく。

続く足の速い猫系の獣人や、犬系の獣人。その後に熊や牛の獣人が続く。

嗅覚に優れた獣人達が、普段とは違う独特の臭いをキャッチした。

「竜種だ！　竜種が近くにいるぞ！　警戒しろ！」

「こんな場所で竜種？　地龍か？」

地龍とは、空を飛べない四本足の竜だ。読者にわかりやすく説明するなら、コモドオオトカゲを15メートルほどにした姿を思い浮かべて欲しい。それに頭部に2本の角を生やせば完璧だ。

「いえ、空から臭います。ワイバーンかと！」

「なにっ！　メンタル王国の森から抜け出してきたかっ！　総員上空注意っ！」

「臭いが近いです！　すぐ上かとっ！」

「なにっ？」

指揮官が慌て顔を上に向けた。

森の木々の隙間から、はっきり見えた。そこに2匹の翼竜の姿が！

それも鎧を着けた翼竜。

「なっ、なんだアレはっ！」

思わず叫んだ獅子族の指揮官。

その声に応えるかのように、上空から声がする。

「メンタル王国王都軍中将！　第2第8軍の指揮官！　パトリック・フォン・スネークスである！　プラム王国軍に告げる。これ以上進軍するならば、領土侵犯とみなし攻撃する。直ちに引き返せ！　繰り返す！　直ちに引き返せ！　受け入れられないならば、そのまま進軍しろ。友好条約は破棄されたものとみなし、五分後に攻撃開始する！」

パトリック・フォン・スネークスと名乗った男が叫んだ後、2匹の翼竜と共に上空高く消えた。

「翼竜だとっ!?　そんな話聞いてないぞ！」

獅子族の指揮官が叫んだ。

「中将！　どうします？　このまま行きますか？」

近くの兵士が指揮官に問いかける。

「どうするも何も陛下からは、メンタル王国のマクレーン第3王子を国王にして、第2王女を貰ってこいとの命令だ。何もせずに帰れば処分されるのは我々だ、行くしかない」

「では、四方に散って走りますか」

「ああ、個々に散らばれば2匹ではどうにも出来んかもしれんだろ」

「では！」

「ああ！　皆の者、最速で突入しろっ！」

そう言って、獣人兵士達に突入させるのだった。

～～～～～～～～～～～～～～～～～～～～～～～～～～～～～～～～～～～～～

「あーあ。せっかく忠告してやったのに、命を無駄にしやがって」
上空から双眼鏡で見ていたパトリック（ドワーフに作らせた）。
「ペー、攻撃開始！　好きなようにしていいぞ」
パトリックはペーを見てそう言った。
ギギッ
ペーが、そう鳴いた途端にペーの頭部の角が、ボンヤリと蒼く光り出した。
そして、ペーの周りに生成される無数の氷の矢。
いったい何本、いや、何千本あるのだろうか？
その矢は一斉に地面に向けて落ちる。
落ちた矢は、森の木々に邪魔されるが、邪魔されずに地面にたどり着く矢もある。
獣人達は、森を抜けるために前を向いて走る。上を見ながら走れはしないので。
そして、落ちてきた矢は獣人達の体を貫く。
1人、2人、10人、100人、いや、千人は倒れただろうか。

地面から聞こえる呻き声。

上空のパトリックとプーは、それを黙って聞いている。

そしてその場にペーは居ない。

ペーは、矢を落としたと同時に高度を下げ、国境沿いにまで進んだ獣人達に向け、口から水を吐きかけていく。

まるで消防の放水のように。

氷の矢は避けられても、飛び散る水までは流石に避けられない。

獣人達もただの水だと、気にした様子もない。

が、先頭の猿の獣人が、突然木から落ちた。

濡れた衣服が少し白く見える。

そして落ちた獣人の身体が地面に当たった瞬間、氷の板を地面に叩きつけたかのように砕け散った。

それを合図のように、次々と獣人達が凍って固まる。獣人達だけでなく、木々も凍る。

以前とある子爵が、翼竜の事を災害級の魔物と表現していたが、まさに自然災害のブリザードの再現のようだ。

「なあ、プー。ペーのやつ、何か怒ってるのか？　容赦無いんだけど？」

パトリックが、プーに問いかけると、

キャギャガァ、ギガギガグギギィ
「最近イライラする事が多いの？　なんでだろうな？　ちゃんと遊んでやってるのになぁ？」

キャウ〜

「まあ、ぺーには逆らわない方が良さそうだな、プー。凍らされるぞ」

ギャッ！

「さて、一番偉そうなやつをとっ捕まえに行くか。プー！　あの金色の偉そうなやつ捕まえるぞ！」

ギャイギャッギャー！

プーが鳴きながら高度を下げていくのだった。


〜〜〜〜〜〜〜〜〜〜〜〜〜〜〜〜〜〜〜〜〜〜


指揮官の、獅子族の男は焦っていた。

メンタル王国には、ワイバーンを使役する魔物使いが居ると、噂は聞いていたのだが、翼竜の話は聞いていなかった。そして、御伽噺の中の翼竜の話は知っている。

嵐を呼び、都市を更地に変える風の翼竜。

火を噴く山から飛び立つ、炎を吐く翼竜。

伝説は数々あれど、全て噂でしかなく、翼竜を生で見たのは初めてであった。

なので、ワイバーンよりは強いだろうとは思ったが、その程度として進軍を指示した事を、今、激しく後悔していた。まさかここまで強いとは！

前方にいた部隊は、氷の翼竜の攻撃により、凍らされており、ほぼ壊滅。

もう後退するしかないと、撤退を叫ぼうとした刹那、自身の周りに黒いモヤが発生している事に気がついた。

漆黒の翼竜。

小さい頃に読んだお伽話に出てきた、闇の暗黒竜。

全てを呑み込む闇と、闇から発生する響きにより崩れ去り吸い込まれる都市。

物語の最後は、都市文明全てを吸い込み尽くし、荒地の大陸だけが存在する世界。

「あ、暗黒竜……なのか？　俺は呑み込まれて死ぬのか？」

黒いモヤに包まれ、すでに数十センチ先も見えない中、獅子族の男は呟いた。

「死にたいか？」

突然聞こえた声に、

「死にたいやつなどいるものかっ！　生きたいに決まっている！」

獅子族の男はその場で叫んだ。

「ならば部隊を撤退させろ。それと、プラム王宮まで道案内しろ。その条件を呑むなら、攻撃を中

静かな、だが強い口調で聞こえた声に、

「王宮だと！　何をするつもりだ！」

と、叫び返す。

「なに、プラム王に少し説教というか、折檻というか、痛い目にあって貰わないと、俺の気がすまんのでな」

「陛下は、貴様などに会ったりしない！」

「なら、その時はその時で考えがあるさ。案内するのかしないのかどっちだ？　このまま部隊と共に死ぬか？　全滅させてやるから、１人寂しくあの世って事はないぞ？」

獅子族の男には、その声は最後通告に聞こえた。

「兵の命は保証してくれるのか？」

すでに死んでしまった兵には悪いが、全滅は避けたいと、獅子族の男は思った。

「案内するならな。早くしないと、どんどん凍らされて死んでいくぞ？　まだ止めてないからな」

まだ殺され続けているようだ。

「わかった、頼むから氷の翼竜を止めてくれ！」

早く止めないと！

そう思って、すぐさま懇願した。

「交渉成立だな」

その声の数秒後、黒いモヤが消えた時、目の前には暗黒竜の恐ろしく冷たい瞳が、獅子族の男を見つめていた。

死を連想させる、冷たい眼差しで。


プラム王国上空を２匹の翼竜が飛ぶ。

漆黒の翼竜の背には、男が１人。

蒼い翼竜の足には、丸太に括り付けられた金色の獅子族の男。

「なあ、この扱い酷くないか？」

先程までギャーギャー喚いていた獅子族の男が、この状態に慣れたのか、観念したのかは分からないが、パトリックに話しかけてきた。

「お前、そんな事言える立場か？　時間がもったいないから、道案内させる代わりに生かしてやったんだぞ？　なんなら皆殺しして、プラム王国の街とか潰しながら王宮を探してもいいんだぞ？」

パトリックが、獅子族の男を見ながら言うと、

「それは頼むからやめてくれ」

と懇願してくる。

「なら文句言うなよ！」

「分かったよ」

「このまま真っ直ぐで良いんだな？」

「ああ、このスピードなら、1時間もすれば見えてくるさ」

「ふむ、ならば問題ない」

〰〰〰

プラム王宮。

石造りの、豪華さは無いが堅牢そうな城である。

その一室に、多くの女性達を侍らせて、1人の獅子族の男が、食事をしていた。

この国の王である、レオナルド・ディス・プラムである。

金色の頭髪は、獅子族の王家特有の色である。

普通の獅子族は茶色であるのにたいし、王家の血を引く者だけが、金色という特殊な髪色をしている。

身長200センチはあろうかという大きな身体を、豪華な衣装に包み、分厚い肉を手で掴み口に運んでいる。

「そろそろアントニーのやつが、メンタル王国に入った頃か？」

レオナルド王が、側に控える男に聞く。

「おそらく」

聞かれた男が答える。

「上手く王女を連れてくればよし、失敗してもアントニーの責任にして、処刑しても良し。良いタイミングで話が来たものだ」

フフフと笑い、レオナルド王がグラスに注がれたワインに口をつける。

「最近、アントニーを慕う者達からの不満が、かなり多ございましたからな。王族の男は現在、陛下とアントニーだけ。アントニーが居なくなれば、文句を言う者も減りましょう」

「アントニーは戦死して、王女は部下が連れて戻るが、最上なのだがな！」

「そうなると良いですな！」

などと話しながら、掴んでいた肉を再び口に運ぼうとした時、慌ただしく1人の狼族の兵士が入室してきた。

「報告致しますっ！　上空に2匹の翼竜が現れ、その翼竜の背に乗る者が、陛下を連れてこいと騒いでおります！　いかが致しましょうか？」

その言葉に、

「なにっ！　翼竜に乗る者だとっ？　貴様、寝ぼけて夢でも見たのではあるまいな！」

レオナルド王の側に控えている男が、兵士に聞き返す。

「私だけでなく、全ての兵士が見ております！」

狼族の兵士が、そう答えると、

「むむ、翼竜に乗れる者がいるとはな。神の使いか悪魔の手先か。その者が乗る翼竜の色は何色だった？」

「漆黒でございます」

「漆黒、たしか暗黒竜の御伽噺だと、破滅をもたらす竜だったか？」

その言葉に応えるように、レオナルド王が、

「どこの誰だか知らぬが、たかが竜の2匹ごときで、この俺を呼びつけるとは、いい根性しておるな。とりあえず出て行って、翼竜とやらを見物してやるとするか！」

そう言ったレオナルド王が、ゆっくり席を立った。


レオナルド王が、城のテラスに出てみると、上空に羽ばたく2匹の翼竜。

その存在感に、思わず一歩後ろに下がってしまったレオナルド王。

だが、気合を入れ直して前に進むと、

「俺がこの国の王！　レオナルド・ディス・プラムだ！　上空から俺を見下ろすとは、失礼であろうがっ！　おりてこいっ！」

と、怒鳴った。

その声が届いたのか、２匹の翼竜が旋回しながら高度を下げてきた。だが、レオナルド王の目線より少し高いところで、下降するのをやめた翼竜。

「ふむ、なんかお前に似てない？　アントニー？」

漆黒の翼竜、プーの背に乗るパトリックが、そう言った。

「まあ、実の兄だから似てるだろうな」

と言ったのは、ペーが足で掴む丸太にロープで縛りつけられている、アントニーと呼ばれた男。

そう、プラム王国軍の指揮官の男だ。

「え？　お前王族なの？」

パトリックが言うと、

「王の弟だが？」

と、アントニーが答える。

「王の弟が、なんで遠征に出張ってんの？」

「兄に嫌われてるからだが？」

「なんで？」

「もっと民の事を考えた政策をと言ったら、こうなった」

「お前の兄貴ってバカ？」

などと目の前にいる、プラム王国の王であるレオナルド王を無視して、話し込むパトリックとアントニー。

「貴様ら、呼びつけた俺を無視しておいて、言うに事欠いてバカ呼ばわりとはいい度胸だな」

レオナルド王が、額に青筋を浮かべて言うと、

「お前、隣の国の王女を奴隷に要求したくせに、知識人だとか思われたいのか？　真性のバカか？」

と、パトリックに呆れられる。

「きっ、貴様っ！　わざわざ出てきてやったのにっ！　しかも奴隷はマクレーン王子側が言ってきた事だ！」

そう怒鳴ったレオナルド王。

「まあいいや、でだ。死にたくなければ降伏しろ」

と、唐突にパトリックは降伏を迫った。

「は？」

と、思わず口から漏れたレオナルド王。

「なんだ言葉も理解出来ない畜生じゃねーか。アントニー、この畜生が王では苦労しただろ？」

「そりゃもちろん」

と肯定するアントニー。

「やかましい！　さっきから聞いてりゃ、バカだの畜生だの、ふざけやがって！　殺してやる！」

そう息巻いたレオナルド王。

「殺してやるとか、殺される覚悟がある奴だけが言っていい言葉だが、覚悟はあるのか？」

と言いながら、目を細めたパトリック。

「俺は貴様如きに負けはせん！」

と、自信たっぷりのレオナルド王。

「いや、相手は翼竜だが？」

右眉を上げて、少し馬鹿にしたようにパトリックが言った。

「ひっ、卑怯な！　誰だか知らんが、王と戦うのに竜を使うとは、恥知らずが！　正々堂々と1対1で戦え！」

レオナルド王が叫ぶと、

「あ、名乗ってなかったか？　んじゃ、簡単に。メンタル王国辺境伯にして、国軍中将のパトリック・フォン・スネークスだ。不当に領土侵犯しようとしてた卑怯者が、正々堂々とか聞いて呆れるがな！」

と言うと、

「アレはそちらの国が言い出したんだろうが！」

と言い返したレオナルド王。

「反逆者がな！」

と、少し殺気を込めてパトリックが叫んだ。

「うっ」

と、言葉に詰まるレオナルド王。

「知っていて話に乗ってる時点で、卑怯者だがな！」

「うるさい！　正々堂々勝負しろ！　翼竜無しで！」

「だいたい正々堂々って言葉が嫌いなんだよなぁ。アレって、お前の方が有利だから私に有利になるような縛りを設けろっていう、身勝手な言い分だろ？　身体能力や体格が違う時点で、不公平だし、剣が得意な奴と、弓矢が得意な奴がいるのに、遠くから卑怯だとか言うんだよなぁ。まあ、いいけどさ」

と、ボヤいたパトリックのその言葉を聞いて、レオナルド王は勝ったと思った。

獣人の身体能力は、人族に比べて高い。王族はなおさら高い。

優秀な血を受け入れ続けてきたからだ。

さらにレオナルド王は王族の秘宝を持っているので、獣化という技も使える。

獣化とは、体の大きさが倍になり、筋力が数倍に跳ね上がる。まさに最強の獣人と化すのだ。負けそうになれば獣化すればいい。勝てる！　レオナルド王は確信していた。

だが、パトリックの言葉は続きがあった。

「なんて言うと思ったか？　ぺー潰せ！」

「なっなにっ！　きさっ……」

レオナルド王の言葉は、最後まで言わせて貰えなかった。

グシャ！

ペーの尻尾の一撃。

テラスに叩きつけられた尻尾で、熟れたトマトを踏みつけるかの如く、ケチャップのような血をテラスに撒き散らし、その場で押し潰された、元レオナルド王だった肉塊。

「よし！　一件落着！」

パトリックが、気分爽快とばかりに宣言すると、

「まてーい！　お前どうすんだよこの国をよ！」

アントニーが漫才師のようにツッこむ。

「お前が王になりゃいいじゃねーかよアントニー。勿論、俺に逆らわないという条件は呑んで貰うがな！」

と、ニヤニヤした顔でパトリックが言うと、

「いや丸太に縛られたままで、逆らうも何も、どうにも出来ないんだが？」

「条件を呑むしかないだろう？」

悪い笑みでパトリックが問うと、

「やり方が汚いな」

呆れ果てた表情でアントニーが、言葉を吐き捨てる。

「そう褒めるなよ」

と、笑顔になるパトリック。

「1つも褒めてねーよ！」

アントニーがムスッとした表情をする。

「そう？　まあいいや。で、条件呑むか？　今から死ぬか？」

「お前、兵士達の命は助けるって、約束だろうが！」

「お前は兵士じゃなくて、王族じゃねーか！」

「屁理屈だろ！　俺はプラム王国軍中将、立派な兵士だろうが！」

「確かに兵士かもしれん。だが王族には変わりない。これが正しいモノの見方だ」

「正しくねーし！　仕方ない！　勝てる気もしねーし、死にたくもねーから呑むよ！」

「おっ、賢い選択をしたな！」

「やかましいっ！　卑怯者！」

「だからそう褒めるなって！　照れるじゃねーか」

「一言も褒めてねぇ！」

アントニーの悲痛な叫びが響く。

「今頃プラム王国は、どうなっているのだろうな？」

パトリックが飛び去った十数時間後、南の砦でキュベス大佐は、ウィルソン元少将を牢に入れて後始末して、一息ついたところでそう呟いた。

「なにせ翼竜ですから、精強なプラム王国兵士と言えど、どうにもならないかと」

隣にいた兵士が、そうキュベス大佐に言うと、

「いや、それはそうだろう。ワシが言いたいのは、プラム王国が存続するのかどうかという事さ。翼竜は災害級の魔物だ。国が吹き飛んでもおかしくない！　せめて罪のない人々が、苦しまないようにして欲しいのだが、あの残虐な中将が、手心を加えてやるのだろうかとな」

「ああ！　確かに！　プラム王国が潰れる可能性もあり得ますね。物理的にも」

「だろう？　あの残虐さはなぁ。眼を開いたまま意識が飛んだ事など、初めてじゃわい。この歳でそんな経験するとは、思ってもみなかったな」

と、キュベス大佐が本音をこぼす。

「スネークス中将は、寝ていたと思ってるみたいですよ？」

と、少し笑みを漏らして兵士が言うと、

「あんな絶叫の響く中で寝られるほど、図太い神経しとらんわっ！」

と、キュベス大佐の声が大きくなる。

「岩のキュベスも形無しですな」

「お前らウィルソンを押さえてて、よく耐えてたな」

と、兵士が気絶しなかった事を褒めるキュベス大佐。

「私達の目の前には、指は転がってきませんでしたし、顔は背けてましたから！」

と、アレはヤバかったと言う兵士。

「アレ、本当にキツかったわいっ！」

「でしょうね」

「死神の二つ名は、伊達じゃなかったな」

そんな事を話していると、

「報告！　上空より鎧を纏った翼竜2匹接近！　スネークス中将閣下かと思われます！」

駆け込んできた兵士が、キュベス大佐に報告した。

「なに？　まだ1日もたっとらんのだぞ？　何か忘れ物か？　それとも何か緊急事態でも起きて引き返してこられたのか？」

キュベス大佐が、報告した兵士に聞き返すが、

「まだ到着されてませんので、分かりかねます。大佐にとりあえず報告をと思い、走ってきましたので！」

「わかった、そちらに向かう」

そう言って席を立ち、キュベス大佐が砦の中央広場に向かうと、今まさに降下してきたプーとペー。

プーの背にはパトリックが乗っているが、ペーの足には何も摑まれていなかった。

それを見たキュベス大佐は、

「スネークス中将閣下、こんなに早くご帰還とは、何か問題発生ですか？　それとも忘れ物でも？」

と、パトリックに尋ねる。

「いや、終わった！」

と、簡潔に答えたパトリック。

「は？」

と聞き返すキュベス大佐。

「プラム王国の件は一件落着だ」

「えっと、この短時間で？」

「ああ！」

「単純な私の興味本位なのですが、よろしければどのように落着したのか、お聞きしてもよろしいですか？」

「国境沿いに居た兵は大半殺して、プラム王国国王、レオナルドだっけ？　そいつも殺して来た！　それで王の弟のアントニーを国王にする事にして、俺に絶対の服従を誓わせた！」

と、にこやかに言ったパトリック。

「え？」

と、言葉に詰まるキュベス大佐。

「ん？」

「あのレオナルド王を倒したのですか？　あの強靱な王を？」

「ああ！　あ、俺がじゃないぞ？　ぺーにプチッと潰させた！」

「プチッとって、虫じゃあるまいし……」

「汚ねえトマトを潰したような感じだったぞ」

「うっ、想像できてしまった……」

と、口元を押さえるキュベス大佐。

「なんか顔色が悪いが大丈夫か？」

「ちょっと吐き気が……」

「そりゃ良くないな、やはり寝不足はダメだぞ？　尋問の時に他の兵から、キュベスは寝てないはずって聞いてたが、ちゃんと寝ろよ？　お前には暫定少将として、南方面軍を指揮して貰う事になるだろうからな！」

パトリックがキュベス大佐にそう言うと、

「いや、寝不足は関係ないのですがって、え？　少将？　いやいや、任命は元帥陛下でなければ出来ないのですが？」

と、キュベス大佐が言うと、

「だって元帥陛下は崩御されて、正式な元帥不在だし、ウィリアム王太子殿下が即位されたら、正式に辞令出して貰う事になるだろうけど、今は緊急事態だ。南方面軍で大佐はキュベス大佐だけだろう？　なら決定だろ！」

「ええ？　そんな無茶な話ありますか？」

「無茶でもやるしかないんだよ！　マクレーンの謀反を早急に解決しなければならないし、とりあえずディクソン侯爵領に滞在されている、ウィリアム王太子殿下の救援に向かって貰う。プラム王国はこちらに攻めて来ないから、砦には治安維持などの、最低限の兵士だけ残して、ディクソン侯爵領に向かう準備を！　元々行く手筈だったたし、すぐ出来るだろ？」

「たしかにそうですが、スネークス閣下はどうされるので？」

「俺は、ひとまずディクソン侯爵領に飛んで報告して、情報を仕入れてくる」

そう言って、再びプーの背に乗り飛び去ったパトリックを見つめて、キュベス大佐が、

「暫定少将とか、聞いた事ないが良いのだろうか……」

と呟き、横にいた兵士が、

「しかし、行かないわけにはいかないでしょ。ウィリアム王太子殿下の窮地です。スネークス中将閣下が王太子派なので、どう考えてもウィリアム王太子殿下の勝ちでしょう。協力しておかないと、南方面軍の立場がありません」

と、言った。

「確かにな。よし、急いで準備させろ！」

「はっ！」

南の砦が慌ただしく動き出す。

〰〰〰〰〰〰〰〰

ディクソン侯爵領の王都側の領境に展開する、ベンドリック宰相派のガナッシュ侯爵領軍と、ガナッシュ派貴族の兵士達の混成部隊。

長ったらしいので、反乱軍とする。

それを防ぐ為に展開されている、ディクソン侯爵領軍とカナーン伯爵領軍の混合軍。

そこに先ほど、反乱軍の隙を突き、脇から攻撃を仕掛け、混乱させてからディクソン侯爵領軍側に合流してきた、ヴァンペリート率いる８軍の一部、走竜隊の兵士達。

走竜だからこそ通れる、険しいルートで進入したので、反乱軍は全く対応出来ずに、兵士を１０

0人ほど失っていた。

双方、長い睨み合いが続く中、待つ事に我慢出来なくなった、とある新兵が放った1本の弓矢が、相手方に飛んだことにより、激しい戦闘の火蓋が切られた。

戦闘の開始など、こんなもんである。

双方からの矢が、まさに雨のように降り注ぐことになる。

降り注ぐ矢が、兵士の体を次々と貫いていく。

兵士が1人、また1人と倒れていく中を、怪我人を背負って、後方まで運び出していく衛生兵達(怪我人を治療することの出来る兵士の事。包帯や薬などを常備している)。

矢が尽きてくると、双方の槍を持った兵士が、一斉に走り出す。

槍兵達は、戦列を作り前進する。

ここで力を発揮したのが、東方面軍に配備された、ワイバーンのトドメ用の長槍を持つ8軍の兵達であった。

長槍を造ったのは、パトリックの指示を受けたスネークス家抱えの鍛冶師であったので、当然8軍やスネークス辺境伯領軍にも、試験導入されている。

普通の槍の2倍以上の長さを誇る長槍は、取り回しこそ不便であるが、叩きつけるように槍を振り下ろし、相手が届かぬ距離から攻撃できる。しかも走竜という機動力は、馬よりは遅いが小回りが利くし、密集することもできる。

間合いの長さは、大きなアドバンテージであるし、密集することにより、個人を狙い打ちされる事もないため、各人がフォローし合いながら攻める事ができた。

8軍の長槍が、ベンドリック宰相派の反乱軍兵士の命を、確実に刈り取っていく。

苦痛の声を上げ倒れていく兵士達。

長槍を掻い潜ってくる兵士もいるが、一兵士の力量は8軍とスネークス辺境伯軍が一番勝ると言われている。

実力の差は如何ともしようがなかった。

体勢を崩して突っ込んできた反乱軍の兵士など、精鋭8軍達の相手にはならないし、8軍達は的確に相手の首、または心臓を狙うので、倒れた兵士はポーションなど効かない。

それどころか、後方へ運ばれてすらいない。後方に運び出す前に、反乱軍の衛生兵が倒されているからであろう。

倒れて、踏みつけられる反乱軍の兵士達は、確実に黄泉への扉を潜ったであろう。

そうして、ディクソン侯爵派軍の兵士達が、反乱軍の兵士達を徐々に減らしてゆき、有利な戦況になってきた頃、はるか上空から急下降してきた、大きな生物が2匹。

鎧を纏いし翼竜だ。

その2匹のうち1匹は、反乱軍の中心部に水を撒き散らした後、急上昇してゆく。

そしてもう1匹、男を背に乗せた漆黒の翼竜は、弓矢の届かぬ距離の上空にて急停止した。

言うまでもなくパトリックを乗せたプーである。

プーの背中の上から、パトリックが叫ぶ。

「パトリック・フォン・スネークスである！　死にたくなければ、降伏せよ！　繰り返す！　降伏せよ！　ベンドリック宰相派の兵士達よ！　貴様らがアテにしているであろう、プラム王国軍はここには来ない！　そして南方面軍は、ディクソン侯爵派軍の助っ人としてこちらに向かっている。お前達に勝ち目は無い！　繰り返す！　降伏せよ！」

その言葉を聞く事ができた、反乱軍の兵士は幸せであった。

ぺーに水をかけられた兵士達は、すでに凍って死んでいたのだから。

〰〰〰〰〰〰〰〰

「パトリック！　よく来てくれた！」

ディクソン侯爵領に避難していたウィリアム王太子が、パトリックに声をかける。

ウィリアム王太子は、パトリックがソーナリスと結婚してから、スネークスではなくパトリックと呼ぶようになっている。

「殿下！　ご無事で何よりです。遅れまして申し訳ございません」

パトリックがそう言うと、

「カナーン宮廷魔術師達のおかげで、無事脱出できたのだ。それで先程言っていたプラム王国軍がどうのとは、いったいどういうことだ？」

ウィリアム王太子は、横に立つデコースを見ながら言った。

「実は……」

パトリックが事情を説明すると、

「なにっ！　マクレーンのやつ、そんな事でプラム王国と密約を交わしておったのか！」

憤慨するウィリアム王太子。

「はい、挟み撃ちにあっては堪らないので、先にプラム王国を抑えてきました。ディクソン侯爵領軍やカナーン伯爵領軍に、うちのヴァンペリート達が合流するのは報告で聞いていたので、暫く大丈夫だろうと予想し独断で動きました。お許しを」

パトリックが、ウィリアム王太子に頭を下げる。

「もちろんだ！　よくプラム王国を抑えてくれた！」

ウィリアム王太子がそれに応じる。

「とりあえず南方面軍には、こちらに向かうように指示しました。砦はプラム王国を気にしなくて良いので、治安維持に必要な人員以外はこちらに向かってくるかと」

「それならば、降伏した兵士達を拘束しておけるな」

そう、ペーの攻撃がトドメとばかりに、ベンドリック宰相派の反乱軍兵士達は、降伏していた。

劣勢に翼竜では、士気も無くなるであろう。

「はい、ただ長期間の拘束となると、何かとめんどうなので、短期に解決してしまうのが良いかと。なんなら私が王都に飛んで、ガナッシュ派を皆殺ししてきても良いのですが？」

と、パトリックが提案すると、

「いや、全てパトリックに頼ってばかりだと、王位に就いた時に、私の統治に問題も出てこよう。私も覚悟を決めた。マクレーンの命は、私の手で刈り取る！　すまんが協力してくれ！」

ウィリアムが、パトリックの眼を見つめて言った。

「殿下、いえ義兄上。本気ですか？」

パトリックは言い直して尋ねる。

「ああ、此度の件、この私の性格ゆえの謀反であろう？　私ならば倒せると思われていたわけだ。今後、謀反を考える貴族が出ないようにしなければ、この国は纏まらん」

ウィリアム王太子の言葉を聞き、パトリックは、

「分かりました。ならば協力致しましょう」

と、力強く言ったのだった。

その後、パトリックはすぐに飛び立った。

先ずは、南方面軍の方に戻り、ディクソン領に向け進軍中の、南方面軍の師団を見つける。

降り立って、ウィリアム王太子が暫定少将の件を認定したことを報告し、ディクソン侯爵領でウ

ィリアム王太子が待っていることを伝え、北に飛ぶ。

目指すは北のアボット辺境伯領である。

プーの全速力を、身をもって体感したパトリックは、鞍に安全ベルトを取り付ける必要性を感じた。

とりあえず国境まで飛び、地上から見えない高さから、連絡の無いアボット辺境伯領の動きを、特注の遠見筒で観察する。

アボット辺境伯家に、パトリックの存在を認識されないための措置だ。

北部山岳地域は、建設中の新しい北の砦に、けっこうな数の兵士が居るのを確認し、引き返して古い北の砦も確認する。古い砦にも、多数の兵士がいたので、アボット辺境伯家は現在、特に兵士を動かしていないと推察する。

さらに引き返して、アボット辺境伯本領（元々のアボット領の事、山岳地方からは飛地のため、山岳地方をアボット辺境伯領、元々の領地を、アボット辺境伯本領と言い分けている）まで飛び、

「プー、あの屋敷に降りるぞ。矢の届かない距離で旋回な」

そう言って、プーに指示したパトリック。

「閣下！　大変です！」

アボット辺境伯の屋敷の警備兵が、大声で走り込んでくる。

「何事だ！」

アボット辺境伯が、警備兵に応えると、

「黒い翼竜が、上空を旋回しております！」

「なに？　その翼竜に鎧は？」

「はい！　スネークス辺境伯家の家紋の付いた鎧が！」

「ふむ、こちらから連絡が無いのに、痺れを切らして直接来たか」

アボット辺境伯が言うと、

「どう致します？」

と、ライアンが父であるアボット辺境伯に尋ねる。

「中庭で出迎える！　中庭の人払いを！」

と、アボット辺境伯が警備兵に命令した。

「は！」

敬礼して、警備兵が走り去る。

騒然とするアボット辺境伯の屋敷の中庭が、ここに降りろとばかりに、人が離れて行くのを確認したパトリックは、

「プー、あそこに降りて」

と、言った。

ふわりと降り立つ漆黒の翼竜に、

「聞いてはいたが、間近で見ると恐ろしいものだ」

と、声を漏らすアボット辺境伯は、翼竜の背から飛び降りたパトリックに、

「ようこそアボット邸に！」

と声をかけた。

「アボット辺境伯殿、とりあえず言いたい事と聞きたい事があるが、まず先にこれだけ確認したい。同盟は維持か？　破棄か？　答えを！」

そう声を張り上げたパトリックに、

「維持だ！　諸々の相談をしたいからとりあえず屋敷の中に！」

と、大声で応えたアボット辺境伯。

「分かった！　プー、近づいてきた兵士には、尻尾で対応しておけ。出来れば殺すなよ」

そう指示したパトリックに、

「お前達、絶対翼竜に近づくなよ！　確実に死ぬぞ！」

と、兵士に注意したアボット辺境伯だった。

屋敷内の応接室に通されたパトリックは、ドサッとソファに座って、

「で？　どういう訳で、連絡をしてこないのかの話から聞こうか」

パトリックが切り出すと、

「マクレーン殿下から、謀反に協力しろと手紙が来たのだが、北の備えがあるので動けないと返したら、息子の妻であるクロージアの母、つまり第３王妃のアリシア様の身が大事なら、スネークス辺境伯家と連絡を断ち、領地から動くなと脅迫されたのだ」

と、アボット辺境伯が理由を説明した。

「自分の母親を人質にするとか、あのガキ頭は大丈夫か？　しかし、それでも間者くらい出せるだろう？」

と、パトリックが言うと、

「こっそり数人の間者を走らせたが、ことごとく捕縛されてしまい、その件でも責められていた。そちらの間者も来たが、顔の知らない者だったので、本当にスネークス辺境伯家の間者か、マクレーン側が、スネークス辺境伯家の間者と偽っているのか判断できないでいた。手紙など託して、それを奪われると、アリシア第３王妃の命が危ない。どうにか出来んかと悩んでいたのだ」

と、アボット辺境伯が神妙な顔で言った。

「少し前から連絡が滞った理由は？」

と、謀反の前から連絡がつきづらかった事を問うと、ライアンが、

「マクレーン派の近衛が、２ヶ月前から妻のクロージアの護衛だと言って、屋敷の中で常に見張っ

ていて、動けなかったのです。妻の身に何かおこると、お腹の中の子が危ない」

と、理由を言った。

「お、妊娠したのか！　おめでとう！」

と、ライアンの顔を見て、パトリックが言った。

「ありがとうございます」

と、ライアンが頭を下げ、

「そんな訳で動けずにいた。アリシア第3王妃様をどうにか助け出せないだろうか？」

と、アボット辺境伯が言うと、

「ふむ、どこに囚われているのかが分かれば、可能かもしれんが、王城とは限らないだろう？」

と、パトリック。

「ああ、派閥の貴族の屋敷の可能性もあるな」

と、アボット辺境伯が返す。

「なんとか居所が分かればなぁ」

と、頭の後ろで腕を組んで、パトリックが言うと、

「とりあえず、西と北でない事までは掴んだのだが」

と、アボット辺境伯が、動けないながらも調査していた結果を報告した。

「なら、東か南か王都の屋敷か。よし、こちらでも調べてみる。連絡には顔を知ってる者を使う

よ」

との、パトリックの言葉に、

「頼みます！　何とかアリシア第3王妃を助け出して貰えれば、こちらも動けます！」

と、ライアンが頭を下げた。

「そういえば、今は見張りの近衛は居ないのか？」

パトリックが疑問を口に出すと、

「昨日ここを出発したが、隠れてる可能性も無いとは言い切れない。昨日、早速間者を走らせたが、届くより先に本人がこちらに来てしまったので」

と、アボット辺境伯。

「なら俺の事がばれたかもな。急ぎここを出発する！　何か分かったら連絡するから！　それじゃあ！」

パトリックが席を立ちながら言うと、

「閣下、頼みます！」

と、ライアンが叫んだ。

パトリックは、再びプーの背に乗り上空へ。

向かうは西の、スネークス辺境伯領。

だったのだが、上空からプーが不審な馬2頭を見つけ、

ギャギイヤ
と、鳴いた。

その声を聞き、パトリックは遠見筒を覗く。

街道を王都に向けてひた走る、馬に乗った男達2人を発見。身なりから近衛と推測したパトリック。

昨日出発したにしては、アボット領に近すぎる。

「プー、あの馬の前に降りて」

と、パトリックがプーに言うと、
ギャ
と、プーが鳴き、急降下する。

「鎧の翼竜！　スネークスか！　全速力で逃げるぞ！」

上空を見上げた馬上の男がそう叫ぶ。

その一言で察したパトリックは、

「プー、奴らを捕らえろ」

ギャー
そう鳴いて黒いモヤを、逃げる馬目掛け吐いた。

モヤに包まれた2人と馬。

「なんだよコレ！　周りが見えねぇ！」

1人の男が叫ぶ。

「ベンドリックの手の者だな？」

黒いモヤに包まれた男に、そう問いかけるパトリック。

「お前に答える義務も、答える気もない！」

と、叫んだ男。

「そうか、なら死ね。プーよ、男だけ殺せ。馬は助けてやれ」

そんな声が聞こえた瞬間、男はこの世から消えた。

「お前も答える気はないか？」

もう1人の男に、そう問いかけるパトリック。

「娘を人質に取られている。帰らぬと娘が殺される」

と、男が言うと、

「なるほどな。ならお前が死んでも、娘は助からないわけだ。残念だったな」

パトリックが冷たく言うと、

「取引がしたい」

と、男が取引を持ち掛ける。

「ほう。俺がお前を信用すると？」

「信用出来ないのは分かる。が、私は死にたくないし、娘も助けたい！」

「一応条件を言ってみろ、聞いてから考えてやる」

「ベンドリック宰相の下に一旦戻る」

「そりゃま、そうだろうな」

「で、アボット辺境伯とスネークス辺境伯が決別したと伝える！」

「ほう、それをベンドリックが信じるかな？」

「信用しないかもしれないが、それで少しでも時間を稼いで、なんとか娘を連れて逃げるさ。可能性が僅かでもあるなら、今殺されるよりマシだ」

「帰って普通に報告すれば、可能性はさらに上がるよな？　私がお前を信用できる要素が、全く無いが？」

「血判付きの書を書きます。スネークス辺境伯閣下側に寝返ると書きます。もし約束を破ったなら、それを公表して貰えば、私は殺されるでしょうし、もし殺されなくても、誰からも信用されなくなって、そのうち野垂れ死ぬでしょう。それでなんとか信用して貰えませんでしょうか？」

「ふむ……紙やペンを持っていないぞ？」

「私が持っています。何も見えないので、この黒いのをどうにかして欲しいのですが」

「いいだろう。プー、モヤを消してやれ」

パトリックがプーに言うと、スッと黒いモヤが消える。

「ありがとうございます。あと厚かましいお願いなのですが、この謀反が終結した後、スネークス辺境伯領兵として雇っていただきたい。もし生き延びたらで構いません」

「ふむ、考えてやらんでもないが、貴様の名は？」

「これは失礼をば。ベンドリック侯爵家の遠縁で、王宮近衛騎士団の任に就いておりました、アステラ・ミネッラと申します」

「娘の名は？」

「アリス、まだ5歳の気弱な子です」

「約束を守れば、たとえお前が死んでも、娘を探して助けてやる。書を書きながら、娘の容姿を詳しく話せ」

その後、書をしたためて血判を押したアステラは、それを持って飛び立つパトリックを、深々と頭を下げて、見送ったのであった。


パトリックは領地に戻ると、ミルコとエルビス、アインを呼び出し、指令を与える。

「アイン、第3王妃のアリシア様の行方を追え。どこに閉じ込められているか探せ。モルダーにも探させろ！」

と、アインに命じる。

「はっ！」

アインが敬礼する。

「エルビスはコナー子爵領を経由し、ワイリーンと合流して、王都に向かえ！」

パトリックの強い言葉に、

「了解致しました！」

エルビスは敬礼して応じた。

「ミルコはここで、領地の防衛を頼む」

パトリックがミルコに言うと、

「承知いたしました」

と、ミルコも敬礼する。

「アイン、私は南に飛ぶので、報告は南に」

「はっ！」


〰〰〰〰〰〰〰〰〰〰〰〰〰〰〰〰〰〰〰〰〰〰〰〰〰〰

その頃王都は、王城を取り囲むサイモン派の兵士と、王城に籠城する、マクレーン第3王子に協力する者達の睨み合いにあった。

王城の堅牢さに、サイモン派は攻めあぐねており、マクレーン側はというと、チマチマと弓矢で攻撃するのみで、まともに戦闘をする気配は無かった。

「伯父上、南方面軍やプラム王国軍が到着するまでに、どのくらいかかりそうなのだ？」

ソファに座っている、マクレーン第３王子が声に出す。

「ディクソン領を落とすのに、10日ぐらいは必要でしょうから、20日ほどを耐え抜けば良いかと。兵を温存しておきましょう」

と言ったのは、ガナッシュ中将。

「では私は、姉上のご機嫌伺いに行ってくるか」

そう言って笑いながら立ち上がる、マクレーン第３王子。

王城の城壁の中にある離れで、軟禁中の第２王妃の部屋に入った、マクレーン第３王子は、

「やあ姉上。後一月ほどで、プラム王国に嫁ぐ事になりそうだが、心の準備は出来たかな？」

と、第２王妃のフィリアには目もくれず、同じ部屋に居るソフィア第２王女に言った。

「嫁ぐと言うより、売り渡すの間違いでしょう？」

ソフィア第２王女が、マクレーン第３王子を睨みながら言い返す。

「おやおや、ずいぶんな言い方ですな姉上。軟禁でこの離れから出られない姉上を、外の世界に出してあげる恩人に、なんて言い方ですかな？」

と、おどけて言うマクレーン第３王子。

「使い道のない王女を、体《てい》のいい口実でプラム王国に追放したいだけでしょうに」

「まあ、間違いではないですがね。姉上と、ウィリアム兄上と、ソーナリス。3人は私にとって邪魔なのでね。ウィリアム兄上とソーナリスには消えてもらう予定ですが、姉上は生かしてあげるだけ感謝して欲しいものですな！」

「そんな事出来るはずないでしょう！　マクレーン、あなた、あの男の事を忘れてない？　あの死神を！」

　そう言ったソフィア第2王女に、

「あの男の事を口に出すな！」

　そう言って、ソフィア第2王女を殴ったマクレーン第3王子。

「あの男のせいで、私の初仕事はショボイ脱税の取り締まりになるし、ウィリアム兄上に肩入れしてるから、王太子派が力を持って私の派閥が蔑ろにされるし、せめて公爵にでもしてくれるなら、私も納得して許せたのに伯爵でスタートとか、父上が馬鹿な事言うからこうなるんだ！　奴には死んでもらう！」

　そう言い放った、マクレーン第3王子。

「死神スネークスの翼竜を、倒せると思っているのですか？」

　ソフィア第2王女が、マクレーン第3王子の顔を睨みながら言うと、

「たかがワイバーンのデカイ奴程度だろう！　バリスタで蜂の巣にしてやる！　スネークスの腕前は上の下程度、なんとでもなる！」

と、口元を緩めるマクレーン第3王子。

「マクレーン、あなたは翼竜の強さを知らないのですか？」

少し目を見開いて、マクレーン第3王子に尋ねるソフィア第2王女。

「あんな絵本のお伽話を信じているとか、姉上の頭は相当なお花畑ですな！」

ソフィア第2王女の顔を、馬鹿にした表情で見下ろすマクレーンに、

「信じてないのですか？」

と、ソフィア第2王女は、少し呆れた表情をする。

「翼竜1匹で大陸を荒れ野原にするとか、あり得ません！　姉上は世間の常識には疎いようですな。たかが竜の1匹や2匹で、この広い大地は荒れ野原にはなりません！　せいぜい村や町1つ程度ですよ！」

そう言って、部屋を出て行くマクレーン。

「世間を知らなくても、伝承とは真実を伝えるものなのは知ってます。バカな弟」

ソフィア第2王女が、小さな声で呟いた。


〜〜〜〜〜〜〜〜〜〜〜〜〜〜〜〜〜〜

王都にある、一軒の酒場。

客は1人としておらず、今の王都の混乱を物語っている。

酒など、飲みに出られる状況ではないのだ。

モルダーが入り口の扉を背に、カウンターに雑巾がけをしていると、
ガチャ、カランカラン
と、ドアの開く音と、ドアの上に取り付けてある鐘の音がほぼ同時に鳴る。

「いらっしゃいませ」

モルダーが声をかけて振り返ると、

「マスター、いや、モルダー、取引がしたい」

と、声をかけてくる男性。

モルダーの素性を知っているようだ。

「取引？　ふむ、とりあえず席にお掛けください。お話をお聞きしましょう」

そう言って、カウンターの中に入り、グラスにウイスキーを注ぎ、氷を浮かべてカウンターに置いたモルダー。

「孫を助けてくれるなら、アリシア第3王妃の行方を教える」

そう言った男に、

「えっと、今はギブス侯爵閣下とお呼びしましょうか。お孫さんを助けるとは？　それに何故我らが、アリシア第3王妃を捜していると知りました？」

モルダーが少し目を細める。

「孫がマクレーン殿下に、人質として連れ去られた。アリシア第3王妃の件は、これでも侯爵だ。法務長官でもあるし、それなりに耳は利くし、探りを入れてくる者の言葉から、推測するぐらいの頭はあるさ」

ギブス侯爵が、力なく笑ってモルダーに言うのだった。

ギブス侯爵の話は続いた。

「長男の息子で、我が家を継ぐ大事な孫だ。言う事を聞けば、事が終われば無傷で帰すと言われたが、マクレーンが勝つ見込みなど無い！　スネークス辺境伯家を敵に回して勝てる訳がない！　そんな事もわからぬマクレーン王子に協力できるか！　頼む！　パトリック殿に繋いでくれ！　今の私は王都から出るところを、マクレーン側の間者にでも見られたら、いや絶対に門で監視しているはずだ。間違いなく裏切りと取られる！」

そう言ったギブス侯爵の瞳に、マクレーン第3王子への、怒りの炎が見えたような錯覚を覚えたモルダー。

「マクレーン第3王子の命令は？」

モルダーが静かに尋ねると、

「王太子派の動きを逐一報告しろと。うちは宮廷貴族だし、兵など居ないからな。武の数には入っておらんのだろう」

ギブス侯爵が力無く声をだす。

宮廷貴族は、守る領地が無いので、屋敷の警備兵ぐらいしか、兵力の保有が認められていない。

「なるほど、お孫さんの居る場所はお分かりですか？　それとお孫さんの名前は？」

と、モルダーが聞くと、

「ガナッシュやつの領地の屋敷だ。孫の名は、ケント。ケント・ギブスだ」

と、即答したギブス侯爵。

「いいでしょう。うちのお館様に連絡します。で、アリシア第3王妃の居場所は？」

「東のキュリアル男爵家の屋敷だ。ガナッシュのやつの末娘が嫁いでる家だ」

「ああ、あの有名なギラギラ娘ですか」

と、モルダーの顔に嫌悪感が見てとれた。

「モルダーにも、一時期、嫁にと話が上がっていたよな？」

「ええ、好みではなかったし、あの宝石だらけのファッションにはついていけないので、断りましたけどね」

「金遣いが荒いのは、昔から有名だったからな」

「あの女の話はいいでしょう！　では、すぐにお館様に連絡をいれますので、返事があり次第、内密に連絡差し上げます」

「頼む！」

そう言って、カウンターの上にあるグラスを摑み、一気に酒を飲み込んで、席を立って帰っていくギブス侯爵。

ギブス侯爵の背を見送ったモルダーが、

「さて、聞いてたな？」

と、店の奥に声をかけた。

「はい」

と、奥から1人の男が姿を現した。

「ニック、すぐにお館様に知らせてこい！」

モルダーの声が少し大きくなった。

「アイン様に報告は？」

ニックと呼ばれた男が、モルダーに尋ねると、

「そちらは別に報告する者を走らせる。とにかくお前は1秒でも早くお館様に報告を！」

モルダーの声の強さに、ニックは、

「すぐ走ります！」

と、真剣な顔をして言い、すぐに店の扉に向かう。

「頼むぞ！」

モルダーの声を背に、

「はっ！」

と、振り向かずに答えて、ニックが走り出した。

ニックは、闇蛇隊の隠れ家にたどり着くと、そこで飼育されている馬に跨る。

向かうは王都の南。

「とりあえずディクソン侯爵領かな？　お館様が居るとすれば、ディクソン侯爵領かカナーン伯爵領だろうし、今はディクソン侯爵領のほうが、可能性高いだろうしな」

そう呟いて、馬の腹を両足で蹴った。

馬がスッと駆け出し、王都の門を抜けた。

スネークス辺境伯領軍が携行する物と、同じ携行食を馬の上で齧り水筒の水を飲み、馬の休憩以外は、寝ずに街道をひた走るニック。

２日後、ニックがディクソン侯爵領に到着する。

ディクソン侯爵家の屋敷を訪ね、

「スネークス辺境伯家の闇蛇隊所属、ニックと申します。お館様はこちらに滞在中でしょうか？」

と、門番に聞くと、

「辺境伯閣下は、今は不在でございます。ヴァンペリート男爵殿なら滞在中ですので、お取り次ぎいたそうか？」

と、言われたニックは、

「お願い致します」

と、頭を下げた。

「少しここでお待ちを」

そう言って門番が屋敷の中に消え、暫くしてヴァンペリートを連れて出て来た。

「お、ニックじゃないか。ご苦労さん。お館様は今いないが、ここで待つか？」

ヴァンペリートの言葉に、

「お館様は、どちらの方角に立たれました？」

と、ニックが聞くと、

「正直分からん。プー様の背に乗って飛んで行かれたからな」

「それはいつの話でしょうか？」

「一昨日だな」

「ではここで待たせて貰ってよろしいでしょうか？　合図の鏑矢を適時放てば、近くを飛行中なら、プー様が気がついてくれるはずですし」

「ああ、あの聞こえない鏑矢な」

「はい、我ら人族やエルフにも聞こえぬ音ですが、竜種なら聞こえるという鏑矢です」

「動き回るより早そうだし、それで良いだろう。馬を預けて少し休め。顔色が悪すぎるぞニック。寝てないだろう？」

「いえ、お館様にモルダー様からの連絡をお伝えするまでは、寝るわけにはいきませんから！」

ニックが力強い言葉で言うと、

「ならば飯くらいは食え」

「かろりーびすけっとは、栄養はあるみたいですが、味がイマイチなので、飯は有り難いです」

「かろりーびすけっと、喉渇くんだよなぁ」

ヴァンペリートが嫌そうに呟いた。

その後、1時間毎に、ニックは上空に向け鏑矢を放つ。

4度目の鏑矢を放った20分後、空気を切り裂くような音と共に、漆黒の翼竜がディクソン侯爵の屋敷に戻ってきた。

◆◇◆◇

「なるほど、東のキュリアル男爵家か」

パトリックがニックの報告を聞き、そう呟く。

「はい、ギブス侯爵様の話ですし、孫の命がかかっているので、嘘はないかとは思いますが、確認作業はしていません。先ずご報告をとの事です」

ニックがそう伝えると、

「とりあえずあの人の人柄を信じるとして、先にアリシア第3王妃を救い出して、その足でギブス法務長官の孫って流れだな、プーでひとっ飛びといくか。ついでに後で邪魔になりそうな奴も居るし始末しておこう」

そう言って、パトリックは再びプーの背に飛び乗る。

「ニックはここで待機！　とりあえず寝ろ！　いいな！」

パトリックの言葉に、

「はっ！」

と、答えたニックであった。

〰〰〰〰〰〰〰〰

上空を旋回する翼竜に、キュリアル男爵領は大混乱していた。

領民達は、叫び声をあげながら逃げ惑い、建物の中へと走り去る。

漆黒の翼竜が旋回している真下にあるのは、キュリアル男爵の屋敷。

突如、急降下してきた翼竜が、屋敷にぶつかりそうになる直前で方向を変え、上昇していくと、また旋回しだす。

上空で旋回する漆黒の翼竜の背に、先程まであった人影が無い事に、気がつく者がいたのだろうか。

パトリックは、騒然とするキュリアル男爵の屋敷の屋根を、音すら立てずに歩いていくと、テラスに飛び降りて、大きな掃き出し窓を検《あらた》める。

しっかり鍵はかかっている。

外鍵が無いので仕方なく、内鍵付近のガラスを割って、手を入れて中から鍵を開ける。

カチャン
と、小気味良い音がした。

ガラスを割る音は、屋敷の使用人達の叫び声などにかき消されていたのだろう。誰かがその音で部屋に来る事はなかった。

侵入した部屋の中を平然と歩く、パトリック。

誰も居ない部屋を素通りしてドアを開け、廊下に出ると、スタスタと歩きだす。

数人とすれ違ったのだが、誰もその存在に気が付いていない。

窓やテラスから身を乗り出し、上空の翼竜を見て騒ぐ使用人達は、屋敷の中など見ていない。

いや見ていても、気配を消したパトリックを、認識出来る事はないだろうが。

囚われている部屋を捜してゆく。

そしてその部屋は、すぐ見つかったのだ。

何故なら、ドアの前に立つ金属鎧を着込んだ大きな男。おそらくガナッシュ侯爵派の近衛騎士だ。

パトリックは、さらに気配を消して近衛騎士に近づくとしゃがんで、ポケットから小さな瓶と針を取り出し、小瓶の蓋を開けて、中の液体に針を浸し、金属鎧を着込んでいる近衛騎士の、膝の裏の鎧が無い部分に、プスッと刺した。

「うっ」

と、声を漏らした近衛騎士は、その場に膝をつき喉を掻き毟る。

頭部の兜を外して、投げ捨てた近衛騎士は、口をパクパクさせた後、白目を剥いて倒れたのち、息を引き取る。

パトリックは、倒れた近衛騎士の体を漁ったが、鍵は見つからなかった。

「仕方ない」

そう呟いて、左腰にある刀を音もなく抜くと、木製のドアの下側を2度ほど切りつけた。

切った音すらしなかったが、コンとパトリックが足で蹴ると、パタンと静かにドアの下半分に、二等辺三角形の穴が空いた。

穴の空いたドアをくぐり、室内に入ってみると、少し軽装気味のアリシア第3王妃が、床に跪き両手を組んで、目を閉じて、

「私の死で謀反の成功の確率が下がるなら、この身を喜んで差し出しましょう。神よ、我が魂を使いて、メンタル王国に安寧と平和を」

と、声に出して神に祈っていた。

それを聞いたパトリックは、ゆっくり音を立てないように近づいていき、

「アリシア第3王妃様、お助けに参りました」

と、アリシア第3王妃の耳元で、そっと囁いた。

「ヒイィィイィッッ!!」

と、大声を漏らして、少し飛び上がったようになってから、前方に倒れるのを両腕で防ぎ、声のする方に顔を向けたアリシア第3王妃に、

「しぃーっ！　スネークスです、助けに来ました」

と、パトリックは自身の口の前に指を1本立てて、もう一度告げた。

「あんたちょっとは考えなさいよ！　ビックリして口から心臓飛び出るかと思ったわよっ！」

と、怒鳴ったアリシア第3王妃に、

「アリシア王妃、声がデカイです！　人が来ます！　それにキャラが変わってます！」

と、注意するパトリック。

「そりゃデカくもなるし、キャラだって崩壊するわよ！　全くっ！　で？　どうやって逃げるのです？　あなた1人なら可能でしょうけど、私を連れて戦闘しながらは無理でしょう？」

と、途中からキャラを戻したアリシア第3王妃。

「何、簡単ですよ。ここにも窓はありますから」

パトリックは、そう言って窓を開けると、

「プー！　ここだ！」

と、大声で叫ぶ。

アリシア第3王妃の叫び声と、パトリックのプーを呼ぶその声を聞いた家の者が、軟禁されている部屋にたどり着くより前に、窓まで猛スピードで降りてきたプー。

「プー、アリシア王妃様を乗せて、上空で待機。いいね？」

ギャー
「よしよし、いい子だ」

「ちょっと待って！　今聞き捨てならない事言ったように聞こえたけど、確認するけど今、上空って言った？」

アリシア第3王妃が、パトリックに顔を近づけて聞いた。

「はい」

そう言って、プーの背に怖がるアリシア第3王妃を、無理やりお姫様抱っこしてから、放り投げたパトリック。

「アンギィャヤアッ」

と、王妃らしからぬ声を上げて、空中を移動させられたアリシア第3王妃が、プーの背にある鞍の後方にある籠に、すっぽりと収まった。

そしてプーがアリシア第3王妃を背に上昇した後、部屋に到着した兵やキュリアル男爵達。

「な、何故貴様がここにいる！　スネークス！」

と、驚いた表情で言い放つキュリアル男爵。

「辺境伯閣下が抜けてるぞ、キュリアル！　たかが男爵風情が偉そうに！　反乱に手を貸すとは、しかもアリシア第3王妃軟禁とはな。この罪、王太子殿下より全権委任された、このパトリック・フォン・スネークスが成敗してやるわっ！」

と、何故かキメ顔で言ったパトリック。

もちろんウィリアム王太子から、全権委任などされていない。

言いたかっただけだ。

「むむ、もはやこれまでか。皆の者、かかれ！　ウィリアム王太子の名を借る不届き者だ！　斬れ！」

と、キュリアル男爵が叫び、兵士がパトリックに襲いかかる。

だが、キュリアル男爵家の兵の腕前は、たいした事がない上に、狭い部屋の中では数人ずつしか突撃できず、それを順番にパトリックが斬り捨てるという、もはやパトリックにとって単純作業でしかなかった。

向かってくる者は、全て斬り殺した後、キュリアル男爵が、背を向けて逃げだそうとしたのだが、パトリックの手から放たれた1本の手裏剣が、キュリアル男爵の首の後ろに刺さり、ガッと言う声を漏らして前のめりに倒れた。

慌てて体を起こしてパトリックの方に向き直るキュリアル男爵は、

「まて！　助けてくれ！　お前の、いや貴方の叔母は私の第2夫人だぞ！　親戚を殺すのか？」

キュリアル男爵が後退りしながら、そう言うと、

「反乱に加担する親戚など要らんわっ！　その夫のお前を親戚と思ったことなど、1秒すらないわボケッ！」

パトリックがそう言いながら、キュリアル男爵の顔面に蹴りを入れる。

その蹴りで意識を失うキュリアル男爵。

「さて、首持って帰れば良いかな。汚ねぇ首だがな」

そう言って、キュリアル男爵の首を切り落とし、髪の毛を摑んで持ち上げたパトリック。

「とりあえずババァ達を探してみるか」

そう言って部屋を後にしたパトリックが、部屋という部屋に立ち入り、人を捜して回る。

明らかな使用人は放っておき、アヤシイ人物は拘束していく。

キュリアル男爵の妻や子供、その情報に合う年齢の人物をだ。

まあ、夫人達は間違えようが無かったのだが。

当主の部屋に隠れていた、正妻らしき女を発見し、パトリックは、その服装を見て確信した。

何故なら、

「まともな人の服装じゃねーな」

そう言ったパトリック。

これでもかと言うくらいあちこちに光る宝石。

金糸を使った豪華な刺繍の家紋入り。

「キュリアルの第1夫人で間違い無いな？」

と、言葉を発したパトリックに、

「違う！　私はただの使用人よ！」

と、返した女。

「そんな豪華な服を着た、使用人がいるかボケッ！」

と、パトリックは突っ込む。

「コレは借りたのよ！」

と、白々しい事を言う女に、

「信じられるかっ！」

と、当然の事を言うと、

「ほんとよっ！」

と叫ぶ女。

このやり取りに、嫌気が差したパトリックは、

「ただの使用人なら、面倒だからこの場で切り捨てる！」

そう言って、右腰の剣鉈に手をかけると、

「いやよっ！　使用人じゃないわ！　殺さないで！」

と、先程とは真逆の事を言う女。

「最初からそう言えよカス！　息子はどこだ？」

「使用人の子供達と一緒に居ます」

「ふん、悪知恵使いやがって」

そう言いながら、夫人の手首を腰の後ろでロープで縛り、前を歩かせて息子のもとへと案内させる。

見つけた息子と共に、第１夫人をキュリアル男爵家の馬車に、簀巻きにして放り込む。

夫であったキュリアル男爵の首と一緒に。

「さて、残るはあのババァか。めんどくせえ」

パトリックがそう言って、屋敷内に戻る。

部屋という部屋を検めて回るが、どこにも見当たらない。

「部屋ではない所に隠れたか？　誰かと似て小狡い女だ。プーッ！　降りてこーい！」

と、大声でプーを呼び寄せる。

庭に降り立ったプーの背の籠の中で、小さく縮こまるアリシア第３王妃。

震えるアリシア第３王妃にパトリックが、

「おや？　どうしました？」

と、聞くと、

「どうしたもこうしたも、空の上をあんな速さで飛ぶ翼竜の上で、平気なわけがないでしょう！」

と、アリシア第３王妃に怒鳴られた。

「いや、他に方法が無かったもので」

と、パトリックが頭を掻きながら言うと、

「まあ、助けてもらったことには感謝しますけど……」

「けど？」

「この恐怖の恨みは忘れませんからね！」

と、パトリックを睨んで言った、アリシア第３王妃なのだが、

「すいません、もう少し我慢して下さい。プー、屋敷を端から破壊していけ。ゆっくりと人が死なないようにな！」

と、プーに命じる。

「ちょっと！　まだ飛ばせる気なの？」

アリシア第３王妃が、パトリックに文句を言ったが、
ギャー
と鳴いたプーにより、アリシア第３王妃の話は無視されてしまう。

プーは、上空に飛び上がり、屋敷の端に回ると、屋根をゆっくり破壊しだした。

プーの背中で、破片がとかギャーギャー騒いでいる女性を、パトリックはあえて見ないようにすることにした。

屋敷が半分ほど壊れた時、使用人用のトイレから1人女性が飛び出してきた。

「ババァ！　ようやく見つけたぞ！　トイレなんかに隠れやがって！」

パトリックが、痩せた中年女性に向かって叫んだ。

その姿や顔立ちは、パトリックの父親である、故リグスビー男爵にどことなく似ていた。

パトリックの叔母にあたる女性、スザンヌ・キュリアルである。

「パトリック！　甥の癖に、私にババァなどと偉そうに！　成長してますますあの女に似て、生意気な顔になったわね！」

スザンヌが、パトリックを見てそう言った。

スザンヌが、パトリックを見たのは10年以上前であり、その頃は母親の存在もあったため、まだパトリックはマシに扱われていた。

「ババァ、口のきき方に気をつけろ！　お前は男爵夫人、コッチは辺境伯だぞ！」

「ふん！　兄や甥達を殺して出世した癖に！」

「あれは、国を裏切った馬鹿共が悪いのさ。一応叔母だから、お前のとこまで連座しないようにしてやったのに、謀反に手を貸すとは、馬鹿の妹はやはり馬鹿か」

と、パトリックが言うと、

「お前に何が分かる！　第2夫人だからと、狭い部屋に押し込められ、正妻が宝石を買い漁ってるのに、私には金の指輪すら買って貰えない。それどころか嫁いで来た時に持ってきた、宝石まで取り上げられる始末。リグスビー家と同じ男爵だし、贅沢出来ると思っていたのに、よその男爵の力の無さに呆然とした日々。せめて爵位が上がれば、多少の贅沢が出来るかもしれぬなら、夫が謀反に加担すると聞けば、賛成するしかないのよ！」

そう叫んだスザンヌ。

「贅沢など、望まなければよいのだ。毎日飯を食って、ベッドで寝れるという幸せが何故分からん！」

パトリックがそう言うと、

「そんなの平民でもしてるわ！」

「俺はしてなかったがな！」

「そんなわけないでしょう！　リグスビー家は金持ちだったもの！」

「あのブタが全部使いやがった。その腹いせが俺に回ってきて、飯すら食わせて貰えなかった。別館の使用人が居なければ、俺は死んでたな」

「そんなの私に関係無いわ！」

「ああ、関係無いさ。だから連座しないようにしてやったが、謀反に加担した時点で終わりだ。

後々、俺の叔母だと言って、面倒になるのも困るのでな。今死ぬか、後で死ぬか選ばせてやる」

「死ぬのは嫌よ！　死ぬくらいなら惨めな状況でも生きていた方がマシよ！　あんたの屋敷に匿ってよ！　叔母なんだから！」

「そういうのが面倒だと言ってんだよ！」

「兄を殺した事は、水に流してあげるから！」

そう叫んだスザンヌ。

「流さなくていいから、死ぬまで怨んでろ！　なに、あと数秒だけだ……」

そう言ったパトリックの腕が、一瞬ブレた。

「え？」

スザンヌが声を漏らす。首に一条の赤い線が現れる。

パトリックの右手に握られた刀。

そして、ゆっくりと後ろに倒れたスザンヌ。

倒れた拍子に、首が胴体から離れて転がった。

「連れ帰ったら面倒そうだから、今死んで貰う事にした。悪いな」

パトリックが、そう言ってその場を後にする。

「えーと、まことに言いにくいのですが、今からの予定です。アリシア王妃様には、北のアボット辺境伯領に避難して頂きたく思いますので……」

と、説明を始めたパトリックに、

「いやよ！」

と、それを拒否するアリシア第3王妃。

「娘さんの所に行くのが嫌ですか？」

と、問いかけたパトリック。

「嫌なのはそっちじゃないわよっ！」

「しかし他に方法が無いので」

「普通に馬車で行けばいいじゃないの！」

「それだと時間がかかりますし、こちらには味方の兵もいませんし！」

「翼竜の背中でまた空とか、絶対嫌～！」

半ベソのアリシア第3王妃が、駄々をこねるのだった。

〜〜〜〜〜〜〜〜〜〜〜〜〜〜〜〜〜〜〜〜〜〜

ワイリー子爵領。

東に領地がある貴族で、ワイリーン男爵の実家である。

東の田舎領地だが、それなりに潤っている領地であり、平和な領地である。

その平和な田舎領地がその日、混乱と恐怖に襲われた。

空飛ぶ漆黒の翼竜。

ワイリー子爵家の者達は、それがパトリック・フォン・スネークス辺境伯の使役獣だと知っている。

だが、領民達は知らない。

逃げる領民、騒ぐ家畜。

漆黒の翼竜が、ワイリー子爵の屋敷に目掛けて、急降下していく。

ワイリー子爵の屋敷に、まるで襲いかかるように見えたことだろう。

翼竜の足に摑まれた馬車を、不審に思った者が居たかは不明である。

屋敷内で働く者達の叫び声で、事態を把握し、様子を見に庭に出てきたワイリー子爵。

その目の前に降り立った、漆黒の翼竜。

そして翼竜の背から降り立った黒髪、黒い瞳の男。

ワイリー子爵は、その男と面識があった。

「スネークス辺境伯閣下！　ごぶたさ致しております。いきなり物凄い登場ですな！　息子は元気でしょうか？」

と、多少声が上ずっているワイリー子爵。

パトリックは、プーがぞんざいに地面に置いた、足に掴まれて潰れかけた馬車をチラリと確認した後、

「ワイリー子爵殿、突然のこのような訪問、まことに申し訳ない。国家の一大事ゆえ、許してほしい。あの馬車にアリシア第3王妃様と、謀反に加担したキュリアル男爵家の家族が乗ってる。アリシア第3王妃様の護衛と、キュリアル家を連行するための兵を貸してほしい。アリシア第3王妃様を、プーの背に乗せてそのまま娘さんの居る、北のアボット家に飛ぶと言ったら、アリシア第3王妃様に猛反対されて、悩んだ末に一番近かったワイリー子爵に、迷惑を承知で力を借りにきた。あと、ワイリーン男爵は元気だぞ！」

と、説明を始めたパトリック。

◆◇◆◇

一通りの説明を聞き、

「なるほど、事情はわかりました。ウチもウィリアム王太子殿下の下に、兵を出してますから、苦しいですが協力しましょう」

そう言って快諾したワイリー子爵。

その後、半分潰れて扉の開かない馬車から、アリシア第3王妃をなんとか救助し、キュリアル家の者達は、多少怪我はしているが、命に別状無さそうなので、特に治療もせずそのまま別の馬車に放り込む。

「では、アリシア第3王妃様には、ここで一晩疲れを癒してもらった後、北のアボット辺境伯領へ、王都を通らずにお連れします」

と、パトリックと約束してくれたワイリー子爵。

「よろしく頼む。私はキュリアル男爵の家を調査した後、王都に飛ぶのですぐにここから出発します。後はよろしく！」

そう言って、プーの背に乗り上空へと消えたパトリックを見て、

「うちの息子、よくあんな人に仕えてられるな。ワシには無理だ。翼竜の迫力だけで、圧倒される」

と、つい本音が漏れたワイリー子爵に、

「私なんて、背中に乗せられて空の上に拉致されたのよ？　しかも2度も！　最後は背中は嫌と言ったら、オンボロ馬車の中！　もう最悪よ！　アイツ絶対許さないんだから！」

と愚痴った、まだ横に居たアリシア第3王妃。

「心中、お察しします」

と、深々と頭を下げたワイリー子爵だった。

なお、キュリアル男爵の屋敷に戻ってきて、半分潰れた屋敷の中や、崩れた瓦礫の中から、金目のものを全てプーの背の籠に載せて、

「プー、残りも潰していいぞ」

と、パトリックがプーに言った。火事場泥棒みたいなものである。まあ、告発する者はもういないが。

そうして東のキュリアル男爵家が潰れた。

物理的にも。


2つ存在する月が、1つも出ていない、真っ暗な夜の空を飛ぶ漆黒の翼竜。

その翼竜は、闇夜に溶け込み誰にも発見される事なく、ガナッシュ侯爵の領地の屋敷の上を、音も無く旋回していた。

ガナッシュ侯爵の領地の屋敷は、広い敷地に豪華な造り。広く豪華な庭には、綺麗な花が植えられている。

その庭の花ビラを揺らしながら、ふわりと降りて来る翼竜は着地すらせず、すぐに上空に舞い上がった。いくばくかの花弁を散らせて。

パトリックをその背から降ろした事に、気がつく者は居ない。

「さてと、どこから侵入するかな」

そう言いながら、パトリックが歩き出す。

庭から屋敷に向かい、屋敷の周りをウロウロしながら、ようやく見つけた勝手口に、パトリックは1本の針金を取り出し、先をかるく折り曲げて鍵穴に挿入する。

カチャカチャと、針金を動かすこと数分。

カチャンと小気味良い音がすると、パトリックがドアノブを回す。

ガチャッと音を立てて、勝手口のドアが開いた。人の気配が無い事を確認し、

「監禁されてるとしたら、一階ではないよな？　二階だろうな」

独り言を言いながら階段を探す。

石造りの階段を上がり、真っ暗な廊下を見つめるパトリック。

パトリックの瞳に映る、壁の向こう側の人の体温。魔道具となった蛇の腕輪のおかげである。

廊下にある小さなロウソクの灯りで、とあるドアの前に立つ2人の男の顔を確認したパトリック。

「3軍のジェイジェイと、ヨハンか。殺すのは簡単だが、さてどうするかな」

と、小さく呟いて歩き出すパトリック。

「なあヨハン？」

と、ジェイジェイが声をかける。

「なんだよジェイジェイ」

と、ヨハンが返す。

「俺達、これで良いのかなぁ？」

「良いも悪いも、ガナッシュ中将に逆らう訳にはいかないだろ？」

「そうだけどさ。できる事なら、ウィリアム王太子殿下に付きたかったなぁ。平民の俺にゃあ、長子が継ぐのが良いように思えるんだよなぁ」

と言ったジェイジェイに、

「俺はマクレーン殿下に従って、天下取って貰えれば、出世出来るかもって賭けにのるぜ！　あのままだといいとこ少尉で退任だ。大尉になってどこかの貴族様から騎士爵貰いてぇ！」

と、ヨハンが自分の野心を口にする。

「スネークス中将閣下に勝てるのか？」

ジェイジェイがヨハンに言うと、

「そりゃ死神は怖いが、マクレーン殿下やガナッシュ中将だって、勝つ策があるからやってんだろ？　ならチャンスあるぜ！」

とヨハンが言ったのだが、その時、

「チャンスは無いがな！」

と、聞き覚えのある声が。

「「え？」」

ジェイジェイとヨハンの声が揃った時、

「ウッ」

と、ヨハンの声がすると同時に、ヨハンの首がポロリと廊下に落ち、首から大量の血液をぶち撒けて体が頽れた。

「スネークス中将閣下っ！」

ヨハンの身体が廊下に横たわった事で、その背後に立っていたパトリックの存在を確認したジェイジェイが、眼を見開いて叫んだ。

パトリックの右手には、愛用の刀が握られている。

「よう、ジェイジェイ。声がデカいぞ。ウィリアム王太子に付くなら、今すぐこのドアの鍵を開けろ。３秒だけ待つ！」

パトリックの少しドスの利いた声に、慌てて倒れているヨハンのポケットから鍵を取り出し、ドアの鍵穴に差し込んで回したジェイジェイ。

「利口な選択をしたな」

そう言って、パトリックが刀を左腰の鞘に収めて、ドアノブを掴み、回してドアを押し開けた。

狭く質素なその部屋に居たのは、５歳ほどの男の子と、世話係の侍女。

小さなテーブルの上にあるロウソクの灯りが、部屋をぼんやりと照らす。

男の子は粗末で小さなベッドで寝ており、侍女はベッドの隣にある椅子に座り、ベッドのほうに倒れながら寝ていた。

「あの侍女はガナッシュの使用人か？」

パトリックがジェイジェイに尋ねると、

「いえ、ギブス家からついてきた侍女です」

と、ジェイジェイが答える。

2人の声は大きくはないが、小さくもない。

だが、その声に侍女も男の子も反応して起きる気配は無かった。

「ならば2人とも連れて行かねばな」

そう言って2人を見ながら、思案しだすパトリック。

「ジェイジェイ、ガナッシュを裏切りそうなヤツ、他にも居るか？」

と、ジェイジェイの顔を見てパトリックが聞くと、

「国軍兵士は、大半は嫌々従ってるかと」

と、真剣な顔でパトリックを見つめて、静かに答えるジェイジェイ。

「ふむ、ならばそいつら連れて脱出しろ！　この屋敷を破壊する！」

と、パトリックが言うと、

「え？　そこの2人はどうするので？」

と、疑問を口にするジェイジェイに、

「空に逃す！」

と言ったパトリック。

「屋敷から脱出するのに、どれほど時間を頂けますか？」

ジェイジェイが真剣な顔で尋ねると、

「どれだけ欲しい？」

と、希望を聞いたパトリック。

「20分！　いえせめて15分！」

と、言い直したジェイジェイ。

「よし、とりあえず15分は待つ。が、感づかれたら待てないぞ？　上手く皆を連れて逃げろよ。この2人を乗せるために、上空のプーを呼ぶから、プーが降りてきたら時間切れだと思え。逃げる先はウィリアム王太子派ならどこでもいい。白旗上げて投降しろ」

と、ジェイジェイを見つめて、パトリックが指示すると、

「はっ！」

と、敬礼してからジェイジェイが、慌てて部屋のドアから走り去る。

「急げよ」

と、パトリックは静かに、ジェイジェイの出て行ったドアに向けて言葉をかけたが、その声ははたしてジェイジェイに聞こえたのだろうか。

ジェイジェイは廊下を走る。

兵士達の詰所を目指して。

ドアを開けて開口一番に発した言葉は、

「みんな逃げろっ！　死神が来たぞ！」

であった。

「「「え？　マジで？」」」

その場にいた兵士の中で、パトリックを知る者達の言葉が揃った。

ガナッシュ侯爵の屋敷の兵士達は、噂は聞いていても実感がわかないので、キョトンとした表情である。

ジェイジェイは、そんなガナッシュ侯爵の屋敷の兵士など相手にせずに、

「ああ、ウィリアム王太子派に投降するならば、見逃してくれるってよ！　お前らも、日頃の訓練で身に染みて解ってるだろうけど、死神と戦うなど、神に対して針1本で挑むようなもんだ！　俺は死にたくないから、投降するぞ！　ヨハンはもうあの世だ。死にたい奴だけ屋敷を警備してろ！　他の奴にも伝えろ！　時間は15分貰った！　走ってきたけど、1分以上は過ぎている！　あと13分程度しかないぞ！　助けたい奴がいる奴は、すぐ伝えて逃げろ！」

と、言うと、

「貴様っ！　逃亡するつもりかっ！」

と、ガナッシュ侯爵の屋敷の兵士が、ジェイジェイに叫びながら摑みかかってきたのだが、

「やかましいっ！　お前らは死神の恐ろしさを知らんのだ！　邪魔するなっ！」

と言いながら、摑みかかってきた兵士を、渾身の力で殴り付けて、無力化したジェイジェイ。

床に倒れた兵士の腹部に、トドメとばかりに蹴りを入れ、ほかの屋敷の兵士に睨みをきかせてから、

「逃げるなら、コイツみたいに歯向かう奴を、皆で無力化してから逃げるんだぞ！　邪魔をされてはたまらん！　いいな！　俺は外の奴らにも言ってから逃げる！　じゃあ先に行くぞ！」

そう言ってジェイジェイは、腰の剣を抜くと、その部屋に居た領兵に斬りかかり、文字通り無力化してから、部屋を走って出て行った。

外に居る兵士のところへ、向かって行ったのだろう。

残された部屋にいた兵士達は、

「俺は投降するぞ！　何が策はあるだよ！　アッサリ侵入されてるじゃねーか！」

と、悪態をついたり、

「いやだ～！　今、同じ屋敷の中に居るだけでも嫌だ！」

と、頭を抱えたりしていた。

「おれ、ここの侍女と結婚の約束したんだけど、どうしよ？」

と、女とよろしくやっていた奴が言うと、

「連れて逃げりゃいいだろうが！」

と、隣の者が、そいつの頭を殴った。

「おい、そんな話してる場合か？　早くしないと死神に殺されるぞ！　今すぐ動けっ！」

誰かの声と同時に、部屋の兵士達は走り出した。


～～～～～～～～～～～～～～～～～～～～


ジェイジェイが部屋から出たあと、屋敷内が静かに、だが確実に騒然としている中、パトリックは寝ている侍女の肩を揺すって起こすと、寝ぼけ眼でパトリックを見た侍女に、

「助けに来た」

と、告げる。

「え？　誰？」

と、侍女が尋ねる。

「パトリック・フォン・スネークス。王太子派の貴族だ」

そう言うと、

「スネークス辺境伯閣下でいらっしゃいましたか。失礼致しました」

と、慌ててその場に立ち上がった侍女が、頭を下げた。

「ギブス侯爵の孫、確かケントと言ったか？　ケント坊ちゃんをとりあえず起こして、急いで脱出の用意をしろ」

と、言いながら、パトリックは換気用の小さな小窓を開けた。

とても人が通り抜けられるような大きさではない窓、それは30センチ四方の、本当に換気と明かり取りのためにある窓。

パトリックは頭だけを窓から出して、上空に目を凝らす。

黒い空に、僅かに黒い物体が旋回しているのを確認した。

「用意っていったい何を？」

と、疑問を口にした侍女に、窓から頭を中に戻して、

「着替えて、持って帰る物を鞄にでも詰めろ」

と、素っ気なく言うと、

「ハイッ！」

と、答えてから慌ててケントを揺すって起こし、着替えさせる侍女。

その様子を静かに眺めながら、時の魔道具で時間を確認するパトリック。

「そろそろ時間か」

パトリックはそう言うと、窓からもう一度顔を出して、

「プー！　ここだ～」

と、叫んだ。

窓から出たパトリックの顔を見つけたプーが、窓の位置まで降りてくると、

「プー、この壁壊して」

と、パトリックがプーに言う。

ギャッ
と鳴いたプーは、その部屋の壁を脚で破壊した。

中に居たケントと侍女が悲鳴を上げたが、パトリックはそんな事は気にしないで、崩れた壁のガレキを外に蹴り飛ばしてゆく。

壁が壊れた音と振動で、騒然とする屋敷内。

そこかしこで声がする。

ケント坊ちゃんを抱え、荷物を入れた鞄を腕に持った侍女を、パトリックが抱き上げて、壁に空いた穴からプーの背にある籠に2人を投げ込む。

2人は悲鳴を上げたが、籠にすっぽり収まった。

そして自分もプーの背に飛び乗り、走ってくる音を聞きつけていたパトリックは、

「矢でも撃たれたらたまらんな。足止めしとくか。プー、とりあえずこの部屋、中まで破壊しろ」

と、プーに命じた。

ギャ

その鳴き声と同時に、プーの尻尾の一撃は部屋の中どころか、廊下の反対側の部屋まで破壊してしまう。

外壁はレンガ積み、内壁は木造だった古い建物は、その壁がかなりの範囲で破壊されたため、屋根の重みを支えきれなくなり、崩れ落ちてきた。

悲鳴が聞こえたが、そんな事はどこ吹く風。

パトリックはプーに上昇するように言うと、空から潰れた屋敷を眺める。

一階から、慌てて出てくる屋敷の使用人達に混じって、豪華な寝衣姿の母子を見つけた。

「ガナッシュの妻と息子か？　いや、年齢的に息子の嫁と孫か」

ニヤリと口元を歪めたパトリック。

プーの背から飛び降りて、気配を消して母子に近づくと、小さい体で必死に逃げる子供に狙いを定め、サッと子供を抱き抱えた。

「おかあさまっ！」

子供が声を上げると、

「アルベルトッ！」

と、母親がパトリックの小脇に抱えられた息子を見て叫んだ。

「ガナッシュの息子の妻であってるか？」

パトリックが言うと、

「息子を返しなさい！　この賊めっ！」

と、パトリックの質問を無視して言ったのだが、母親はパトリックの顔を知らないようだ。

「ほう！　謀反に加担した家の嫁が偉そうに」

と、パトリックが呆れて言うと、

「謀反など知りませんっ！　早く息子を解放しなさいっ！」

と、偉そうに命令する女。

「知らんで済んだら、警察は要らんわっ！」

と、怒鳴ったパトリック。

「けいさつとやらが、何か知りませんけど、謀反に私は関係ありません！」

「貴様の嫁いだ家が、謀反に協力してて、そんな言い訳通じる訳ないだろうが！」

「知らないものは知らないのです！　賊が誰に向かって口をきいてるのか、分かっているのですか！　侯爵家を敵に回して生きていけると思っているのですか！」

「貴様こそ誰に向かって口きいてるのか、分かっているのか？　名乗ってやろう！　パトリック・フォン・スネークスだ！　貴族の癖に知らんとは言わせんぞ！」

「しっ、死神っ！」

「今すぐ死にたくないなら、大人しくしろ！　お前と息子の命は、ガナッシュのやつに選択させてやる。大人しくしないなら、この場で斬り捨てる！」

パトリックは殺気を放ってそう言った。

「ひっ」

と小さな悲鳴をあげて、母親がその場に倒れた。

小脇に抱えられていた息子は、間近で殺気を浴びて、尿を漏らしてすでに気絶していた。

その後、母子を救出しようと、屋敷の兵士がパトリックに襲いかかるが、小一時間でそれらを撃退したパトリックは、ガレキの中から見つけた木の柱に、母子をロープでガッチリ縛りつけ、その柱をプーの両腕に持たせる。

背中の籠には、ギブス侯爵の孫と侍女。

それにパトリック。

5人のうち2人は子供だとはいえ、プーの飛行速度は遅くなる。王都に到着したのは夜明け前の、空がうっすら明るくなった頃であった。

日の出と共に行動するのが当たり前の世界では、明るくなってきた時には、住民達は動き出している。

空を飛ぶ翼竜を見つけた者達が騒ぎ出す。

その騒ぎで、さらに起きた王都の住民達に、漆黒の翼竜の姿を見せつけつつ、王都のギブス侯爵邸に降り立つと、慌てて屋敷から出てきたギブス侯爵と孫との、感動の再会。

パトリックは、孫を抱きしめるギブス侯爵に、

「アンドレッティ家に保護を求めろ。王都はこれからさらに混乱するだろう。兵の居ない宮廷貴族では、巻き込まれたら向かう先はあの世だ」

そう告げてパトリックは飛び立つ。

いつもの高度ではなく低空を飛び、プーの飛行した地域に住んでいた人達に、翼竜の恐怖という名の置き土産を残しつつ、パトリックは一旦、南に飛んでガナッシュの孫達をウィリアムに預け、事情を説明した後、北に向かった。

たどり着いた先は、アボット辺境伯家。

応接室のソファに座るパトリックと、アボット辺境伯家の人々。

「では、母上はワイリー子爵家の兵に護衛されて、北に向かっていると？」

と、ライアンの妻であるクロージアが尋ねる。

「ええ、空からお連れすると言ったのですが、頑なに拒否されましてね」

と、パトリックが言うと、

「気持ちは分かる」

と、アボット辺境伯が言う。

「良い眺めなんだけどなぁ」

と答えたパトリックに、

「そりゃ、辺境伯だけかと」

と、ライアンが言うと、

「いや、ソナもだいたい一緒に空の散歩するぞ」

とライアンを見て、パトリックが自分だけではないと否定した。

「似た者夫婦って事で」

と、ライアンが少し呆れ気味で言った。

「まぁいいけど、無事助け出したことだし、約束は履行してもらうぞ」

とパトリックは、アボット辺境伯を見て言う。

「勿論！　兵を王都へ向け進軍させます。到着してからは、アンドレッティ家の指揮下に入ります」

アボット辺境伯は、パトリックの目を見てそう言った。

「よろしく頼む。私は一旦領地に戻るから」

パトリックが席を立つと、

「では！」

と、アボット辺境伯も席を立つ。

「ああ、王都で会おう！　見送りは不要だ」

パトリックはそう言って、アボット辺境伯、それにライアンと握手してから、応接室を出て行く。

パトリックは西へ向かって、プーの背に乗り去っていく。

その様子を応接室の窓から見ていた、ライアンとアボット辺境伯。

「父上」

ライアンが西の空に羽ばたく、漆黒の翼竜を見つめながら口を開く。

「なんだ？　ライアン」

と、同じく空の翼竜を見ているアボット辺境伯が、息子の問いかけに、問いで応える。

「同盟組んでいて、正解でしたね」

「当たり前だ！　あんなのと敵対したら、死以外無い！　謀反するなど、正気と思えん！」

「確かに！」

「さて、私は王都に向かう。ライアンはここで領地の方を頼むぞ」

「私の方が兵力になりますが？」

「お前はアボット家の跡取りだ。死地に向かわせるわけにはいかん！」

「父上！　まさか死ぬ気ではありませんでしょうな！」

「勿論死ぬ気はない！　が、戦とは何が起こるか分からないモノだ。ましてや王家のゴタゴタだ。そこでの動きは家の格に響く！　無様な動きで生き延びるより、命を賭けた動きで、孫のマルクが少しでも楽になれるようにしてやりたい」

ソファに座る息子の妻、クロージアの腕の中で、スヤスヤ眠る孫に視線を移して、アボット辺境伯が言った。

「生き延びて、マルクに父上の顔の記憶を残して貰いたいのです」

そう言うと、ライアンは父親の顔を真っ直ぐ見つめる。

「案ずるな！　スネークス辺境伯も来る！　生きて帰るさ。では準備するとしよう」

そう言って部屋を出ていくアボット辺境伯。

翌日、準備を終えて出発していく、アボット辺境伯領軍。

それを屋敷からライアンは見つめて、

「父上、どうかご無事で」

と、呟いた。

〰〰〰〰〰〰

王都に続々と集まり、王城を取り囲む地方の領軍の兵士達。

主な家をあげると、南のディクソン侯爵領軍に始まり、カナーン伯爵領軍、キュベス臨時少将率いる南方面軍。

北は、アボット辺境伯率いるアボット領軍。ここには山岳地方出身の兵士も多数いる。

東は、ワイリー子爵領軍など。

西はもちろんスネークス辺境伯領軍。それにワイリーン男爵領軍や、ヴァンペリート男爵領軍やコナー子爵領軍。

大兵力を持つ家だけでなく、いわゆる王太子派の領地貴族は、ほぼ例外を除き出兵していた。

例外の出兵していない領は、何故王都に来ていないかというと、戦闘に巻き込まれないように、貴族の婦女子達の避難先になった領地だ。

そこの領地は勿論、他の家から兵士が護衛の応援に集まっている。

対する第3王子派は、王城内にて籠城の構えである。

本来、籠城とは援軍をアテにする戦法であり、プラム王国からの援軍をパトリックに潰された今となっては、愚策でしかない。

だがそれはまだ、城の内部に伝わっていない。

取り囲まれた城の窓から、王太子派の軍を見つめるマクレーン第3王子。

「ふん！　アリのように群がりやがって」

マクレーン第3王子がそう言った時、上空を滑空するように、音もなく飛ぶ漆黒の翼竜。

その翼竜は、とある屋敷に向かって一直線に降りていく。

庭に降り立った翼竜の背に人影は無い。

混乱する屋敷内。

武器を持ち走る兵士と、逃げ惑う女子供。

その中から、パトリックは1人の娘を見つける。

「アステラ・ミネッラの娘、アリスちゃんだな?」

パトリックに声をかけられ、ビクビクする少女に、

「君の父上から頼まれた。君を保護する。こっちにおいで」

と、手招きする。

地球なら、誘拐犯の手口であろう。

見たことのない、あやしい男から声をかけられ、一目散に逃げるアリス。

「なんで逃げるんだよ! お父さんがあっちで待ってるから、一緒に行こう!」

と、さらに誘拐犯の常套句を叫ぶ。

それを聞き、スピードを上げたアリス。

アステラの教育は正しかったが、それが今は悪いほうに出た。

仕方ないと諦めたパトリックは、アリスを追って走る。気配を消して。

追いついたパトリックは、アリスを小脇に抱えて、走り出す。

アリスが騒ぎ出すのだが、まわりはもっと大騒ぎなので、誰も気にしない。

そして、プーのところに戻ってくると、アリスを脇に抱えたまま、プーの背に乗り、

「ついでだ。プー、この屋敷潰して行こう」

と、プーに声をかけた。

凄まじい音を轟かせて、その屋敷を破壊したプー。

その屋敷は、ベンドリック侯爵の屋敷だった。

飛び立ったプーとパトリックは、王城のテラスに居たマクレーンを見つけた。

「今すぐ城門を開け！　降伏しろ！　命だけは助けてやるぞマクレーン！」

プーの背中から、大声で叫ぶパトリック。

それを、王城を取り囲む貴族や兵士達が、静かに見つめ聞いている。

「やかましい！　全部お前のせいだっ！」

プーの背に乗るパトリックにむかって、大声で叫ぶマクレーン第３王子。

「なんで俺のせいなんだよ！」

と、すかさずパトリックが返すと、

「お前が貴族になってから、この国はロクな事がない！　兄は謀反起こすわ、貴族は反乱するわ、私が手柄を立てるはずだった、禁忌を犯していたスタイン家を勝手に潰すわ、全部お前が悪いんだ！」

とマクレーン第３王子が、ツバを飛ばしながら怒鳴る！

「反乱は俺のせいじゃねーだろうが！　だいたいヘンリーの反乱の時に、命を助けてやったってえのに、えらい言い草だな、このガキ！」

「誰がガキだ！　あの時、この身に感じた恐怖のせいで、未だに夜中にトイレに１人で行けなくなったんだぞ！　お前のせいだ！」

「俺はあの時、お前に何もしてねぇだろうが！」

「あんな殺気を近くで浴びれば、誰だってそうなるわ！」

「お前以外なってないだろうが！」

「侍女のシータや、アンジェリカも、夜にトイレ行けないって言ってたわいっ！」

「お前は男だろうがっ！」

「男も女も関係あるかっ！」

「ソナは1人で行けるぞ！」

「お前に嫁ぐような、頭のおかしい妹と一緒にするな！」

「てめぇ、ソナの悪口言うんじゃねぇよ！　殺すぞ！　だいたい頭おかしいのは、ヘンリーの時にその場に居たのに、また反乱を起こすお前のほうだ！」

「私は正常だ！　ベンドリックやガナッシュ、ケセロースキーだって、私に協力してくれている！　ベンドリックも言っていた！　スネークスは、死神などではなく、この国に滅びをもたらす悪魔だとな！　お前に関わって、人生台無しにされた者達が、何百人居ると思っているんだ！　お前さえ居なければ、反乱などしなかった家はたくさんあるのだ！　兄に味方する者達よ！　よく考えてみろ！　コイツと関わったばかりに反乱した貴族の家、いくつか思い浮かぶだろう？　酒を餌に商人を抱き込み、領地から商人を居なくさせられて飢えた領地がいくつあるのか！　ドワーフが消えた領地もあるだろう！　消えたドワーフは全てコイツの領地に居るんだぞ！　この疫病神め！」

ツラツラと、長台詞を言うマクレーン第3王子だったが、この言葉に一定数の者が納得してしまうのだった。

「やかましい！　自分のところで造った酒をどこに売ろうが、俺の勝手だろうが！　とりあえず一晩時間やるから、ベンドリックや家臣と相談しとけ！　さっさと降伏しろ！　いいな！」

そう言ってパトリックが、小脇に抱えたままのアリスと共に去る。

とても5歳の子供に聞かせて良い話ではなかった。

パトリックが去ったあと、

「あいつのせいでグッスリ眠れた事がない。降伏などするものか！」

そう吐き捨てたマクレーン。

その頃、ベンドリック宰相は、執務室で喚いていた。

「何故南方面軍が、奴らと一緒に城を包囲しているんだ！　プラム王国は何故まだ来ない！　どうなっている！　ケセロースキー！」

「分かりません」

唾を飛ばしながら喚くベンドリック宰相。

と言ったケセロースキー男爵に、

「分からんで済むかっ！」

と怒鳴るベンドリック宰相。

「数日前から、何も情報が入ってこないのです。そろそろ最後に向かわせた部下が、戻ってくる頃かと」

と、ケセロースキーが状況を説明する。

「もういい！　下がれ！」

そう言って、ベンドリック宰相がケセロースキー男爵を下がらせると、

「おい、アーノルド！　どうなっているんだ！　このままでは私は破滅してしまう！」

と、ベンドリック宰相はダークエルフの執事の男に怒鳴る。

「なに、スネークスをこちら側に、取り込んでしまえば良いのです。元々は男爵家の三男。育ってきた環境を考えれば、欲に塗れていることでしょう。今の成り上がり方をみても、それは明白でしょう。金と権力を着々と手に入れていっているのがその証拠。今まで奴と接触する機会が無かったですが、今なら城のすぐ外に居ますからな。王国の西全てを奴にやると言えば、こっちに転がってもおかしくないでしょう？」

と、冷静な顔でアーノルド執事が答える。

「奴の妻はウィリアムの直妹だぞ？」

と、ベンドリック宰相が言うと、

「あんなチンチクリンの色気の無い小娘1人より、多くの色気のある美女をあてがえば良いのです。離宮に軟禁しているソフィア第2王女や、マクレーン殿下の侍女のシータなど、胸の大きな美人が

いっぱいいるでしょう？」

　アーノルドが提案すると、

「シータはダメだ！」

　と、シータを使う事を拒否するベンドリック宰相。

「何故です？」

「ダメなものはダメだ！」

「まあいいです。ソフィア第2王女や他の女を使いましょう。領地と爵位と女、それで懐柔して裏切らせれば、あちらは総崩れとなりましょう。何せ翼竜がいるのですから！」

「上手くいくのか？」

「私の魔法もありますしね」

「嫉妬や欲をコントロールするだったか？」

「はい、人という生き物は、多かれ少なかれ絶えず嫉妬しているものです。あいつは良い家の出でズルイ。金持ちで悔しい。そんな気持ちがあるからこその出世でしょうから、かなり嫉妬深いかと。嫉妬が大きいほど、私の魔法はかかりやすいのです」

「マクレーンのようにか？」

「マクレーン殿下は、嫉妬塗れですぐかかりましたね。王になりたい、女が欲しい。強くなりたいなど。まあ、スネークスみたいになりたいというのもありましたがね。意味がよく分からなかったですけどね。さあ、紅茶でも飲んで落ち着いて下さい」

そう言って、アーノルドが出した紅茶を、ベンドリックが飲んだ。

すると、途端にベンドリック宰相の目の焦点がおかしくなり、白目の部分が少し血走ってきた。

「ふう、少し薬が切れかけでしたね。危ない危ない。ついでに魔法も重ね掛けしておくとしますか」

そう言ってベンドリック宰相の額に指を当て、何やらゴニョゴニョ呟きだすと、

「嫉妬の神よ、この力を与えてくれた事に感謝します」

そう言って懐から小さな宝石と、小指ほどの刃渡りのナイフを取り出すと、自身の小指の先をナイフで少し切り、滴り落ちる血液を宝石に染み込ませてゆく。黄土色の宝石がみるみる黒に染まっていくと、黒いモヤのようなものが宝石から発生し、ベンドリックを包み込んだ。

そしてそれは、王城の至るところに広がり、マクレーンやシータ、その他の人々も包み込み、城の外にまで薄くだが拡散していく。

「ククク、我が神の力は最強なのかもしれん。魔法にかかった者が、少し理性が飛んで、ちゃんとした思考が出来なくなるが、それくらいは仕方ないし、なんとでもなるだろう。帝国め。今に見ていろ！」

そう呟いたアーノルド。

一方、城の外では、日が暮れたために各当主がテントの中に移動して、会議の真っ最中である。

「たしかにスネークスが貴族になってから、反乱が多発している。王族の謀反が連続して起こるなど、こんな事はメンタル王国史上無かった事だ」

と、とある貴族の当主が言うと、

「たまたまだろう？　スネークス辺境伯が間接的に原因と思われるのは、ソーナリス王女誘拐計画の騒動くらいのはずだ」

と、アンドレッティ王宮近衛騎士団長が言う。

「いや、スネークスのせいで領地運営出来ずに、仕方なく脱税して、王家から罰を受けた家が多いのは事実だ」

と、別の貴族が言うと、

「運営費をどこかから借りれば良いのだ。それもせずに脱税など間違っている。それに元々は、実力も無いのにパットに歯向かうからだ」

と、デコース・フォン・カナーン王宮魔術師が言う。

「カナーン王宮魔術師殿は、黙っていてもらいましょう！　貴方はスネークスの従兄弟だ」

「そもそも、あの出世のスピードは異常だ。ウエスティンの反乱、奴が裏から手を引いていた可能性もあるのでは？」

「リグスビー家も絡んでいたからな！」

「そもそも実の親をその手で斬る男だ。何考えているのか分かったもんではない！」

と、口々に言い放たれる。

「いや、パトリックはそんな男ではない！」

と、ウィリアム王太子がそれを否定したが、

「しかしウィリアム王太子殿下、そうは言っても出世スピードが異常過ぎます。いくら陛下のお気に入りだったとしても、事件が起こり過ぎてます。ソーナリス王女誘拐計画の話も、ヤツが陛下に報告した話だったでしょう？」

と、王太子であるウィリアムに言い返す者まで出てくる。

「それはウチが摑んだ情報だ！」

と、アボット辺境伯が叫ぶと、

「アボット辺境伯は、ヤツと同盟関係でしょう！　信じられませんな！」

「ウチが嘘の報告をしたというのか！」

「鉄狐の言う事で、潰された家も多いのでね」

「ウチは事実しか報告せん！」

「だいたい、張本人のスネークスはどこ行ったのだ！　逃げたのか！」

などと、ウィリアムの周りに集まっていた貴族当主達が揉め始める。

〰〰〰

一方、王城はというと、

「援軍はどうしたっ！　何故まだ来ないのだ！」

と、部屋の中の調度品を蹴り、八つ当たりするマクレーン第３王子に、

「マクレーン殿下、少し湯あみでもして、気を落ち着けられては？」

と、目の焦点のおかしいベンドリック宰相が、マクレーン第３王子をなだめる。

「う、うむ。そうだな、そうするか」

と、部屋を出ていくマクレーン第３王子。

「やれやれ、図体は大きくても中身は子供だな」

と、ベンドリック宰相が、少し呆れた声を出す。

「確かに。まだ少し幼いところもあるようです」

と、ケセロースキー男爵が頷く。

「プラム王国が、明日までに来れば良いのだが」

と、言ったベンドリック宰相に、

「それなんですが、先ほど部下から光暗号（ランプを使ったモールス信号のようなもので、日が暮れてからの伝達によく使われている）で報告がありまして、国境の門が閉じられプラム王国に入国

すら出来なかったようです。スネークスになんらかの対策を打たれたかもしれません。プラム王国が来ない可能性も。ガナッシュ殿の領地で軟禁していた、ギブス侯爵のところの孫なども奪還されてしまったようですし」

と、ケセロースキー男爵が愚痴っぽく言う。

「うちの屋敷など、奴の翼竜に粉々にされた！　スネークスの奴め！」

「援軍も来ないかもしれませんし、どうするおつもりで？」

「なに、まだ作戦はある。任せておけ」

「もう時間に余裕がないのです。頼みますぞ。私は部下の指示をしてきますので、失礼します」

ケセロースキー男爵が、そう言って退室していく。

ケセロースキー男爵が去った後、

「魔法はどの程度の範囲まで効くのだ？」

ベンドリック宰相が聞くと、

「王城の周り数百メートルなら、嫉妬深い人ならば効きます。日暮れ前に魔法を展開しておきましたので、王太子派の奴らも既にかかっているかもしれません。すべて私にお任せを」

と、執事のアーノルドが返す。

「欲深そうなスネークスに力を与えておけば、そのうち王家を乗っ取って、新たなメンタル王国を作ってくれると思ったのに、あまりにも王に従順で、拍子抜けしたわい。王に色々言って奴に有利になるようにしてやったのに、あの恩知らずめ！　アーノルド、お前の魔法で奴がこちらに転がれば良いのだがな。メンタル王国は、優しくなり過ぎた。いや、メンタル王家がかな？　昔が懐かしい。現王家を潰し、強く厳しいメンタル王国の復活を、いや大陸の覇者を望んだ先代の王と私の野望のためには、王家が変わらねばならん。スネークスがこちらに来なければ、アンドレッティ公爵家や他の王位継承権を持つ家を潰し、侯爵家で一番王家の血が濃いウチが王家となり、メンタル王国ベンドリック王朝の始まりの年にして、息子に帝国を押し除けさせ、メンタル王国が大陸の覇者となるのだ！　あの翼竜は厄介だが、城のバリスタ全てで狙えば射ち落とせよう！」

そう言ったベンドリックの瞳に、淀んだ濁りが見えた。

一方、王城の浴室で、身体を清めるマクレーン第3王子の背中を流す侍女。

マクレーン第3王子の手が、侍女の肌を撫でている。

「殿下、今日もですか？」

侍女が尻を撫でられながら、拒否もせずに言う。

「私には妻1人では足りないのだ。妻が身籠ったら第2王妃として迎えてやるから安心しろ、シータ」

と、尻を撫で続けながらマクレーン第3王子が言うと、

「私が先に身籠ったらどうするのです？」

と、侍女のシータが悪い笑顔で、マクレーンに聞く。

「その時はシータ、お前が第1王妃だ」

シータの顔が見えないマクレーンは、前を向いたままシータに答えた。

「嬉しい！」

シータがマクレーンの背中に抱きつく。

そんな感じで、いちゃついてるシータとマクレーン第3王子。

あのやり取りの後、ここまで状況を把握出来ていないとは、呆れるしかない。

魔法のせいだと言い訳出来るかも知れないが、言い訳出来る相手がいるのかどうか。

そうして、ことに及ぶマクレーン第3王子と侍女のシータを、広い浴室の太い柱の陰から、隠れて見ていた黒い瞳。

「あーあ、マクレーンの奴やりたい放題だな。しかし、呆れてものも言えん。この状況で何が第1王妃か。女の方も相当頭悪いな。せいぜい楽しんでおけ。コッチはとりあえず城内を引っ搔きまわしとくか」

と、パトリックが言った。何故ここに居るのか？

パトリックはいったん離れたあと、アリスを部下に預けて、こっそり王城に侵入していたのだ。

途中、アステラを王城内の牢獄で発見し、ボロボロの体だったアステラに、ポーションを飲ませ、娘は無事保護したと伝えて、牢から出してやる。

「娘に会いたいなら、なんとか脱出しろ。俺はここでやる事があるのでな」

そう言って、牢の番をしていた兵士の着けていた防具と槍を渡してやる。
牢の番をしていた兵士の血がついているが、問題ないだろう。
「ありがとうございます。恩返しはさせて貰います」
立ち去るパトリックの背中に、アステラはそう言ったのだった。
パトリックは、浴場を立ち去り脱衣所の扉に、落書きを残していく。
[シータは、ベンドリック宰相とも寝てるぞ?]
と、扉にデカデカと張り紙してあった。
その後、ベンドリックの部屋のドアの隙間から、
[シータは、マクレーンと一緒に風呂入って、楽しそうにシテたぞ?]
と書いた手紙を滑り込ませる。
ケセロースキーの息子のほうの部屋にも手紙を。
[ベンドリックの娘はやつの執事、アーノルドの手つきだぞ?　いいのか?]
と、書かれていた。
ガナッシュの部屋には、
[息子の妻と孫は預かった。お前の出方次第だぞ?]
と、誘拐した旨を伝える手紙を。
その後、女性の部屋に男性の下着を、その逆もして回り、食べ物は床にぶちまけて、ついでに廊

下を汚水まみれにし、３軍の兵士を見つけては、背後から殴り飛ばして倒れ込む兵士を見下ろし、

「よう、俺と敵対するとはいい度胸だな。死にたいのか？」

と、脅していく。

震える兵士に、

「死にたくなければ、戦闘に突入した時に寝返れ！　いいな！」

そう言い残して去っていく。

気配を消しているとはいえ、やりたい放題のパトリック。

そして辿り着いた、謁見の間。

ポツンと置かれたままの、王の棺。

一応蓋には蠟が塗られ、密閉してあった。

「陛下。遅れまして申し訳ございません。パトリック・フォン・スネークスでございます。陛下への御恩に応えるべく、陛下の意思を尊重し、ウィリアム殿下を王にするため働きます。たとえそれがマクレーン殿下の命を奪う事になろうとも。お叱りならあの世に行った時に受けますが、先にお詫び申し上げます」

パトリックはそう言って棺に一礼し、棺に１度手を触れて眼を閉じる。

そして眼を開けて、

「では、またあの世で」

そう言って、謁見の間を後にした。

一仕事やり終え、ウィリアム王太子のもとに戻ったパトリックに、少し目が血走った貴族達が詰め寄る。

「お前が王家の転覆を企んだ張本人だろう！」

「この疫病神が！」

次々と貴族達から浴びせられる罵声に、パトリックは、

「コイツらはいったい何の話をしてるんだ？」

と、近くにいたウェインに問いかける。

「それが、マクレーンの戯言を信じたようで」

と、ウェインが困り顔で言うと、

「アレをか？　頭大丈夫かコイツら？」

と、罵る貴族をチラリと見て、パトリックが言うと、

「やかましい！　お前が居なければ、王国は混乱してない！」

と、貴族の1人が叫ぶ。

「ヘンリーのやつが王になっていたら、今頃帝国に占領されて、めちゃくちゃになってたかも知れないぞ？」

とパトリックが言うと、

「あのままお前が帰らなくても、近衛達が解決していたかもしれない！」

「何故ここで帝国の話が出てくるのだ！　貴様帝国と通じておるな！」

「ダメだこりゃ。理性的な話が出来ん！　仮定の話は不毛だな。義兄上、いや、ウィリアム王太子殿下、いえ、もう陛下とお呼びしましょう。陛下のお考えはいかに？」

と、パトリックは貴族を相手にするのをやめて、ウィリアム王太子に話を振る。

「私は、パトリックが原因だと思っていない。弟、ヘンリーの時に、私達を感情むき出しで救ってくれた時の姿に、嘘偽りは無いと信じている！　ただ……」

「ただ？」

「このように私の派閥から多数の者が、パトリックが黒幕だと言い出している。これを話し合いで解決するには時間がかかる。私に意見する者まで出る始末。どうしたものか」

と、困惑顔のウィリアム王太子。

「はぁ、なるほどね、分かりました。陛下、私は陛下に対する気持ちに変わりはありませんが、緊急事態です。私の行動に何も言わずに許可を頂きたい」

と、提案したパトリック。

「なにをする気だ？　出来れば殺さないで欲しいのだが」

「殺し無しか……ならばアレかな？　分かりました殺し無しの選択をします。不本意ですがね……」

「では、パトリックを信じて、許可を出す！」

「有り難き幸せ」

そう言ってウィリアムに一礼してから、パトリックは目の血走った貴族に顔を向け、

「では、私がこの国から居なくなれば、それで満足か？」

と、貴族達に目を向けて問いかけた。

パトリックと仲の良い貴族達が、驚いた顔をする中、喚いていた多数の者が頷き、代表したかのように、とある貴族が、

「もちろんだ！」

と言った。

「ならばこの国から独立させてもらう。スネークス辺境伯領は、今この時よりスネークス王国を名乗る！　では、さらばだ！」

そう言って、歩き去ろうとするパトリックに、文句を言っていた集団の中で、特にうるさかった3人の貴族が剣を抜いて、

「正体を現したな！　この裏切り者めが！　生きて帰れるとでも思ったかぁ！」

と、怒鳴りながら斬り掛かってきたのだが、左腰の刀を抜いて右回転するように、振り向きざまにその貴族達の胴体を、大根でも切るかの如く、斬り裂いた。

たった一振り。

その一振りで、パトリックは3人同時に斬ったのだ。

下半身は立ったまま、上半身が次々と地に落ちる。

「口だけのカスがっ！　陛下の御前で恥を知れ！　前線で常に魔物と戦ってきた私に、普段剣すら持たない奴が、勝てるとでも思ったのか？　そこで呆気にとられて口開けてる馬鹿共！　皆殺しにしないだけ有り難いと思え！　陛下、いや、メンタル王！　申し訳無い！　3人斬りましたが自己防衛の為、許して頂きたい。では失礼します。プー！　来い！」

その声を聞き、上空で旋回していたプーが、猛スピードで降下して、地響きをたてて着地した。

プーの背に乗り、上空へと舞い上がったパトリックは、

「スネークス辺境伯領はたった今、スネークス王国として独立を宣言する！　そしてスネークス辺境伯軍は、今よりスネークス王国軍と呼称を改める！　スネークス王国軍、スネークス王国に帰還せよ！　繰り返す！　スネークス王国軍は帰還せよ！　エルビス！　道を塞ぐメンタル王国軍兵が居たなら、斬り捨てて良し！　兵を引き連れ、スネークス王国に帰還しろ！　8軍と2軍は私の指揮から離れることになるが、スネークス王国に亡命するなら歓迎する！　その他の者も亡命するなら受け入れる！　以上！」

そう叫んで、翼竜と共に飛び去るパトリック。

その言葉の後、続々とエルビス率いるスネークス王国軍が、メンタル王城の周りから撤退を始め

る。

　そして、

「では、ヴァンペリート男爵領軍よ、我らもスネークス王国に編入してもらおう。撤退だ！」

　と、ヴァンペリート男爵が声をあげる。

「アボット辺境伯領軍、帰るぞ」

「ワイリーン男爵領軍撤退！」

　アボット辺境伯やワイリーン男爵など、続々と撤退していく、いわゆるスネークス派の貴族家の領軍達。

　西の領地の貴族が兵と共にほぼ帰り、北もアボット辺境伯領軍という、大部隊が撤退してしまう。

　抜けた部隊の穴を埋めるべく、

「カナーン伯爵領軍、抜けた貴族領兵の位置に移動しろ！」

　と、デコースが指示をすると、他の貴族もそれに倣い、城を囲むウィリアム王太子派の軍が、配置を変更していく。

「さすがデコース兄」

　と、デコースの耳元で囁く声。

「パッ」

　と、デコースが声を上げそうになるのをパトリックが遮り、

「しっ！　静かに！　ボンクラ共にバレるから！　デコース兄、多分アンドレッティ殿はまともそうだったけど、ボンクラ共の様子が変過ぎる。ウィリアム陛下を守ってあげて」

と、デコースに耳打ちするパトリック。

「今さっき飛んで行ったよな？　ていうかまともとか変とか、どういう事だ？」

と、デコースが小声で、パトリックに聞く。

「こっそり戻ってきた。あの貴族達、うちで雇ってるダークエルフに聞いた、嫉妬をコントロールする魔法の症状に似てるんだよ。目が血走ってるし、理性的な話できないし、瞳が濁ってるし。あんな大人数をコントロール出来るとは聞いていないけどさ。まあ、そのへんは置いとくとして、魔法使いのデコース兄には、ウィリアム陛下を守って欲しい。確証は無いから、まだ口外しないでね。では頼んだよ。俺はウェインにも話つけてくるから」

「なるほど！　わかった……それでパットはどうするんだ？」

「今から考えるよ。じゃあね」

そう言ってその場を離れたパトリックは、近くに居たウェインの所に行き、

「ウェイン」

と、ウェインにコッソリ声をかける。

「パット、お前飛んでいったんじゃ？」

と、ウェインが小声でパトリックに応える。

「すぐ降りて戻ってきた。アンドレッティの御大は大丈夫そうだったけど、周りの貴族達の目付きがおかしい。おそらく魔法だ。デコース兄にも言っておいたけど、一緒にウィリアム陛下を守ってあげて。それと城内は引っ掻き回してきたから、多分戦力は落ちてると思う。俺達が居なくても勝てるでしょ。ウィリアム陛下に、『頑張って！』って伝えておいて。じゃあね」

と、ウェインの肩をポンと叩いたパトリック。

「おいっ！」

ウェインの声に、振り向かずに手だけ上げて、パトリックが走り去るのだった。

〰〰〰

「スネークス領に向けて、今すぐ進軍すべきではないのか？」

「翼竜に勝てるのか？」

「竜の1匹くらい」

「いやヤツのところには、2匹居るんだぞ！」

「今すぐ追いかければ！　こっちは既に3人殺されてるんだぞ！」

「間に合う訳無いだろう！　アッチは空飛んでるんだぞ！」

などと貴族達が言い合っているのを、忸怩《じくじ》たる思いで見つめるウィリアム王太子。

「パトリック、すまない。私が不甲斐ないばかりに」

と呟いた時、

「陛下、ちょっとよろしいですか？」

「ん？　ウェイン・サイモンか、どうした？」

「パットから、いえスネークスから伝言です。実は……」

ウェインから伝え聞いた内容に、

「パトリック、ありがとう。マクレーンは私の手で片付ける。あの時の約束どおりにな！」

ウィリアムの目に、闘志と覚悟が漲るのだった。


その頃、王城内は、罵り合いがあちこちで見られ、兵士同士で喧嘩まで起こっていた。

とある一室では、

「このジジイ！　年考えろ！　王の侍女に手をつけるとは何事だ！」

「元々私の派閥の娘だ！　前から狙っていたのだ！　それをお前が横から拐《さら》っていったんだろうが！」

「拐うとは人聞きの悪い！　侍女にどうだと打診しただけだ！」

「それを拐うというのだ！　王家の打診を断れる訳がないだろう！」

「うるさい！　だから年を考えろって言ってんだ！　お前いったいいくつだよ！　子供でも出来た

ら、成人する頃にはお前はあの世だろ！」

「あと20年くらいは生きるわい！」

「だいたい勃たねえだろうが！」

「まだ現役じゃわいっ！」

と、取っ組み合いの醜い争いが勃発。

また別の部屋では、男が頭を抱えて悩んでいた。

手紙には息子の妻と孫と書いてあったが、妻と息子だった。

しかもようやく儲けた男児である。

「どうすべきか……」

そう言って、また黙り込んだガナッシュ侯爵。

別の部屋では、

「貴方！　作戦会議とか嘘をついて、この状況で部屋に女を連れ込んで浮気とは、いい根性してますね！」

「まて！　誤解だ！　私は何もしていない！　それよりこの手紙は本当か!?　アーノルドと寝てるのか！」

「何もしていないのに、何故女性の下着が枕の下から出てくるのです！　見苦しい言い訳など聞きたくありません！」

「まて、アーノルドについての答えがないぞ！　とりあえずそのナイフを置け！　落ち着いて話し合おう！　話せば分かる！」

「話す事などありません！　貴方を殺して私も死にます！」

「待て待て！　分かった！　アーノルドと今後関係を断つなら許す！　な！　俺の方は本当に誤解なんだ～！」

と、ナイフを振り回して追いかける女と、逃げる男の鬼ごっこが始まり、城中を走り回った。

その頃ベンドリックの執務室では、アーノルドがこの後どうするか悩んでいた。

裏切らせて引き込む予定のスネークス辺境伯が、王城の近くに居たにも拘《かか》わらず、自身の魔法の影響を受けず、領地に帰ってしまったからだ。

「いや、魔法が効いたのか？　それで独立したのか？　予想外だった……」

と、呟いた時、ベンドリックの執務室のドア開けて逃げ込んだ男。

「何事ですかな？　ケセロースキー男爵の御子息、確かカイル殿」

部屋に飛び込んできたカイル・ケセロースキーに、ベンドリックの執事のアーノルドが詰問する。

そしてそのすぐ後に、女が乱入してくる。

「だから話せば分かるっ！　ほら、お前の愛しいアーノルドだぞ！」

そう言って、アーノルドの背後に隠れ、アーノルドの背中を押して、女の方に近づけるカイル・ケセロースキー。

「アーノルド！　邪魔しないで！　その人を殺して私も死ぬんだから！」

女はアーノルドに、そう叫んだ。

「おい！　私を巻き込むな！」

などと言い、アーノルドは廊下に逃げる。

カイル・ケセロースキーもそれに続く。

女は、

「逃げるな浮気者！」

と叫び声をあげて、ナイフを振り回しながら追いかける。

アーノルドは、廊下で誰かさんが撒いていた汚水に、足を滑らせ転んでしまう。

カイルは横目でアーノルドを見つつ、避けて走り去る。

女は、廊下で倒れているアーノルドを見つめ、

「貴方が私を妻に迎えてくれないから、こんな事になるのよ！」

と、目標をカイルからアーノルドに変えた。

ナイフを両手で頭上に構え、廊下で立ちあがろうとしていたアーノルドに振り下ろす。

女の腕に蹴りを入れて、ナイフを避けたアーノルドは、立ち上がって慌てて逃げる。

「逃げるな！」

と、鬼の形相で喚く女に、

「冗談ではない！　遊びの女に殺されてたまるか！」

と、走り出すアーノルド。

逃げるアーノルドは、ひたすら階段を下に向かって走る。城から出るためだ。

だが出入り口付近は、兵士が兵士同士で剣を抜いて喧嘩の最中。

そこをくぐり抜けるのは、無理と判断したアーノルド。

とりあえず身を隠すため、さらに下の地下牢に向かって逃げた。

牢の番をする兵士に、

「女が追ってきたらここで止めろ！　絶対通すなよ！」

と、命令した。

槍を持った兵士が、

「分かりました」

と、言いながら、深々と頭を下げたが、頭を上げると同時に、右手に持っていた槍でアーノルドの胸を貫いた。

「え？」

アーノルドが驚いた声を出す。

胸と背中から吹き出した血液が、その場を真っ赤に染める。

呻き声を上げながら、胸を押さえていたアーノルドの手が、ダラリと垂れる。

兵士が槍を抜くと、その場でうつ伏せにバタリと倒れた。

その時、何かが割れる音がした。

「ここで牢の兵士のフリして隠れていたが、正解だったな。コイツが来てからベンドリック侯爵はおかしくなった。娘を人質にしろと言ったのもコイツだろう。ざまあみろ」

そう言ったのは、牢の兵士の鎧に身を包んだアステラだった。


何かが割れる音がした時、城内外の血走った目をしていた者達の動きが、ピタリと止まった。

同時に各人から黒いモヤが立ち昇ると、風に吹かれて消え去る。

それは王城だけでなく、城を取り囲むウィリアム王太子派貴族達からも。

そして、

「お、おい、私達、スネークスにあんな事言って殺されないか？」

「あ、ああ。ヤバイかも！　どうする？」

「とりあえず見逃してもらえたから、ウィリアム王太子、いやウィリアム陛下のお役にたって、もしもの時は陛下に守ってもらいましょう！　スネークスは陛下の御言葉なら聞くはずです！」

「う、うむ！　それしか無いか！」

「だな！」

などと、一縷の望みをかけた会話がなされる。

王城はと言うと、

「ヤバイ！　マジヤバイ！　翼竜を従えるスネークスと敵対する？　正気か少し前の私！」

と、頭を抱えるケセロースキー男爵と、

「王家にとって代わる？　お世話になった先代に顔向けできん！」

と、マクレーン第3王子と掴み合いしていた手を離し、床に膝をつくベンドリック宰相と、

「何故、ベンドリックの甘言に耳を傾けてしまったのか。もっとやりようがあったはずなのに。スネークスに勝てる訳など無いのに……」

こちらもベンドリック宰相から手を離し、後悔しかないマクレーン第3王子。

〰〰〰〰〰〰〰〰〰〰〰〰〰〰〰

翌朝、戦が始まる前に、王城からコソコソ逃げ出す反乱軍兵士達に、それを捕縛するウィリアム王太子派の兵士達。

正気に戻ったのと、兵士の数が減ったのを見て、観念して投降するベンドリック宰相やケセロースキー男爵などの貴族。

そして最後に、城から出て来たマクレーン第3王子。

「兄上」

「マクレーン」

　少し距離を空け、対峙する2人の王子。

「此度の件、僅かな時間ですが色々調べてみました。おそらくアーノルドという、ベンドリックの執事の、ダークエルフの魔法によって誘導されたのでしょう。そやつの死体から割れた魔力結晶を見つけました。しかし、心の中に思っていない事を、行動に移す事はできぬという噂、皆の心の底にある嫉妬の心を、コントロールされたようです。よって責任が無い訳ではないのは、自分でも自覚しております。責任を取って自害してもよいのですが、それではこれからのメンタル王国の運営に、大きな支障が出るやもしれません。騒動を解決したのは、おそらくスネークス。力無き王に仕える者はおりませんし、ここは一つ、正々堂々と剣で勝負といきませぬか？」

　マクレーン第3王子が、真剣な目でウィリアム王太子に言った。

「マクレーン、死ぬ気か？　私の剣の腕は知っているだろう？」

　ウィリアム王太子が、マクレーン第3王子を、真っ直ぐ見つめて言う。

「技なら王国で随一！　知っていますよ。ですが、優しいゆえに人を斬った事がない。ならば私にも多少のチャンスはあるかと」

「私はパトリックと約束したのだ。マクレーンの首は私が取るとな。今回ばかりは優しさを捨てたのだ」

「ならば見せてもらいましょう。兄上の覚悟を！　いざ！」

マクレーン第3王子が、腰の剣を抜いた。

「いいだろう！　こいっ！」

ウィリアム王太子も、応じて抜いた。

そうして皆が見ている前で、1対1の勝負が始まった。

走り寄るマクレーン第3王子を、じっくり見据えたウィリアム王太子。

両手剣を振り下ろすマクレーン第3王子を、ギリギリで右に回避して、自身の左足で剣を待つ手を蹴り飛ばす。

「クッ」

マクレーン第3王子が、痛みでわずかに息を漏らした。

「甘いぞ、マクレーン！　その程度の腕では私には勝てんぞ？」

ウィリアム王太子が言うと、

「兄上こそ甘いのでは？　蹴りではなく剣で斬りつければ、勝敗は決したはず。やはり人は斬れませぬか？」

と、マクレーン第3王子が言い返す。

「次は斬る！」

「斬れますかね？」

「斬れるさ。パトリックに誓ったのだ！」

剣を構えてウィリアム王太子が叫んだ。

マクレーン第3王子が再び走り寄り、ウィリアム王太子の胸を目掛けて、横から剣を振った。

ウィリアム王太子は、その剣を大きく一歩踏み出して前進し、掻い潜るようにして回避。

その体勢のまま、前に出ているマクレーン第3王子の右膝目掛け、剣を振り込む。

ザンッと音がしたかと思うと、マクレーン第3王子の右膝から下が、宙を舞う。

「ウガッ」

と、苦痛に声をあげると、そのままうつ伏せで地面に激突し、勢いよく転がっていきようやく仰向けになって止まった。

地に倒れたままマクレーン第3王子は、

「グッ、やはり兄上には勝てませんでしたか。しかし、アイツのせいで私の人生、めちゃくちゃになったなぁ。初仕事の予定だった、スタイン男爵家をヤツが潰してしまい、私の初仕事は、ショボイ脱税の取り締まり。第3王子だから、そのうち爵位を貰って領地運営かと思っていたら、ヘンリー兄が謀反で処刑され居なくなって、王位継承権が第2位になって、もしもの時のために独立して領地運営の話も立ち消え。とりあえず宮廷貴族の伯爵にと言われたが、そんなの納得できない！　アイツの殺気を浴びたせいで、夜もぐっすり眠れず、間近で人の殺気を浴びるのが怖くて、戦などで先陣きるなどとても無理になるし、やりたかった事はことごとく潰されて、このまま王の予備として生きていくくらいなら、いっその事……王になったほうがマシだと思った。そこにベンドリックの甘言。チャンスかと思って王を目指したのだが、この有り様。何が悪かったのかなあ。自分の人生を良くしたかっただけなのだがな。全てアイツのせいだ！　アイツさえ居なければ、こんな事にはなっていないのだ！　あの疫病神め！」

マクレーン第3王子が、ここ数年の事を振り返る。

「私を毒殺でもすればよかったのだよ」

ウィリアム王太子が、仰向けのマクレーン第3王子に近づいて言うと、

「毒は苦しいでしょう？　半分とはいえ血の繋がったウィリアム兄上の、苦しむ姿は見たくなかった。だから剣で一瞬でと。小さい頃は可愛がって貰いましたしね。あの頃は楽しかった」

思い出しているのだろう、遠い目をするマクレーン第3王子。

「あの頃は皆、仲が良かったからな」

「いつからだろう、3人の仲がおかしくなったのは」

「ヘンリーが10歳くらいの時だな。アイツの背後に、レイブン家がチラついた頃からだな」

「ああ、あの頃ですか。ヘンリー兄は、成長も早かったし風格もありましたからね。派閥なんて、私にはあの時関係無かったのに、周りが許してくれなくなりました。あの時父上が、さっさとウィリアム兄上に王位を譲っていてくれたらなぁ……今更か。さて兄上、そろそろ……私にトドメを。失血で意識が……朦朧と……してきました。出来れば……苦しまないで済むように、首を飛ばして欲しい。出来るで……しょう？　兄上の剣の腕は、超一流……なのですから」

「技があるだけの、人を斬った事が無かった心弱き王子だったがな。さらば弟よ。出来れば次に生まれ変わった時に、また兄弟になれることを祈る！」

そう言って、ウィリアム王太子の剣が振り上げられる。

「今度は……仲の良い……平民の……兄弟が良いなぁ」

途切れ途切れに言葉を発する、マクレーン第３王子の瞳から一筋の涙が流れた時、振り下ろされたウィリアム王太子の剣により、マクレーン第３王子の首が音も無く胴体から離れた。

マクレーン第３王子の頭部を、俯いたまま見つめるウィリアム王太子の瞳からも、滴が溢れる。

数秒たった後、顔を上げたウィリアム王太子は、

「謀反を起こしたマクレーン・メンタル第３王子、このウィリアム・メンタルが討ち取った！」

剣を天に突き上げ、ウィリアム王太子が大声で叫んだ。

その声に、王太子派の貴族や兵士達が、

『おおおおっ！』

と、ウィリアム王太子を称える声をあげた。

第十四章　スネークス王国

　スネークス辺境伯領改め、スネークス王国に戻ったパトリックは使用人達に、事の成り行きを説明していた。

「という事で、スネークス辺境伯領は、スネークス王国となる！　おそらくワイリーンやヴァンペリート、他の周りの家もうちに続くだろう。もはや西はウチ無しでは経済が回らないはずだからな」

　と、確信でもあるのだろう、自信たっぷりでパトリックが言う。

　屋敷の使用人達は、多少戸惑っているようだが、今更言っても仕方ないと諦めモードである。

「それはいいですけど、ウィリアムお兄様はどうなってるのでしょう？」

　と、ソーナリスがパトリックに問いかける。

「マクレーンをはじめ、王城に立て籠もってた奴らのほうを引っ掻き回してきたから、多分揉めてるだろうし、もしかしたら戦どころじゃないかもしれん。まあ、兵もガッツリ脅してきたから、勝ちは揺るがないと思うぞ。なんなら後で見てこようか？」

と、ソーナリスを見つめて答えたパトリック。

「それなら良いのよ。一応兄だしさ、少しは心配なのよね。後でこっそり見てきてよ」

「おっけ～」

と、２人の話が終わると、パトリックは顔を使用人達の方に向け、

「では、今後の動きを伝える。スネークス王国をある程度纏めた後、急ではあるがザビーン帝国に攻め入る！　どうせザビーン帝国は来年ぐらいには攻めてくるのだ。待ってやる必要は無い！　武器と食糧の調達を急げ！　アインは、各闇蛇達に伝達を。メンタル王国内の動向を探らせろ。もし馬鹿な貴族がまだ残っていて、ウチを攻めてくるなら、対応しなければならん。まあ、ウィリアム陛下、いや、メンタル王なら上手くやってくれるだろうし、攻めて来ないと思うが、あの人優しいというか、少し甘いからなぁ。あと、プラムとザビーンにも調査に走らせろ」

パトリックがそう言うと、

「はっ！」

と、アインが敬礼したが、他の者は戦と聞かされ、不安そうだった。


～～～～～～～～～～～～～～～～～～～～～～～～

メンタル王国は今、混乱の最中である。

マクレーンの乱は失敗に終わり、王位は正式にウィリアム王太子が継承し、新王となった。

慌ただしく行われた前王の葬儀と、新王の戴冠式。

そこまでは良い。

問題は、謀反に加担した家を粛清しなければならないのだが、国の中枢に居た家が多数、謀反に加担した事だ。

宰相をしていたベンドリック侯爵家は、宮廷貴族なので領地はなかったが、国内で相応の地位と力を持っていた。

その家の執事の魔法の影響とはいえ、無罪放免にはできない。

ベンドリック元侯爵は、責任を取って打ち首と決まる。

代わりの宰相の地位は、紆余曲折あったが、ディクソン侯爵家当主が就任した。

ケセロースキー男爵家は、王国調査部という、重要な部署の責任者だった。だが、見逃すわけにもいかず、当主は打ち首。

ガナッシュ侯爵家は、ガナッシュ当主が、城の中で自害していたのが見つかった。

遺体のそばに在った遺書には、妻と息子の身の保全を願うと書いてあった。

ウィリアム王は、ガナッシュ侯爵の願いを叶えてやることにし、平民としてだが、命を奪う事はせず、慎ましく暮らせるだけの金品を与えた。

その他、加担した貴族達の当主は、漏れなく打ち首である。

家は爵位を取り上げられたが、家族の命はとられなかった。

さてここで、ウィリアム王は困ることになる。

何故なら、ただでさえ今までの混乱で貴族の数が減り、新たな男爵などを増やして対応していたのだが、その新たな男爵達の相当数が、今回の謀反に加担した。

男爵は領地持ち貴族の底辺であるが、それでも領地持ち。かなりの数の村や町が、領主を失った事になる。

それに加えて、謀反に加担してはいないが、スネークス家を攻めていた男爵達の処遇も決めねばならない。

その当主達は、スネークス王国で捕縛されたままだったのだ。

ウィリアム王は、身柄引き渡しを要求し、スネークス王国はそれに応じて、当主達を返しはしたが、とても領主として働けるような状態ではなかった。

いや、肉体的には問題ない。

問題なのは心だった。バキバキに心折られた当主達。

スネークス王国でいったい何をされたのであろうか。

さて、領地を任せる新たな貴族を増やさねばならないが、今回、功のあった貴族の数が圧倒的に少ないのだ。

パトリックの暗躍と、マクレーン側の自滅なので。

さすがに数が合わず、考えた末にウィリアム王が出した結論は、現存する貴族家に、爵位1つ分上の量の領地を統治させ、足りない分は、上級貴族が任命した騎士爵を代官として任命して、派閥で手厚くサポートしながら領地運営させるというものだった。

当然、王家も準男爵を任命して、代官として王家直轄地のいくつかを任せる事になった。

パトリックが聞いたら、

『手柄も無いのに、領地を任せたり、代官にしてやるなど甘い！』

と、言うだろう。

事実、ディクソンやアンドレッティ、サイモンなどは、甘いと進言した。

だが、代案を出せとウィリアム王に言われたが、良い案を出せなかったのだ。

そのため、それなりの数の準男爵や騎士爵を新たに任命して増やし、この危機を乗り越えるために、今はその対応に追われている。

カナーン伯爵家は、ウィリアム王の脱出を身を呈して助け、その後、多方面で王を助けた功績と、貴族が減った事による領主不足のため、侯爵に任命。これにより南は、新たに公爵となったディクソン公爵家と、カナーン侯爵家の2家が、かなりの力を持つ事になる。

サイモン侯爵家は公爵家となり、正式にウェインが新当主となり、王宮近衛騎士団長に就任した。

アンドレッティ元王宮近衛騎士団長は、国軍参謀という相談役のような役職に就任しており、国軍は数が減った2軍と3軍は統合され、新たな2軍として再編された。

色々細かい問題は残るが、それは追々なんとかなるだろう。

問題はスネークス辺境伯領いや、スネークス王国だ。

パトリック・フォン・スネークスが独立を宣言。

それに追従するのは西の貴族達だけでなく、北の辺境伯であったアボット辺境伯家も、スネークス側に合流した。

これにより、メンタル王国の領土が4分の1ほど減った。

しかも西は麦の主要産地であると同時に、王国の酒を牛耳っていたし、北の山岳地方やアボット辺境伯領は鉄の重要な産地だったから、さあ大変。

一応、スネークス王国国王パトリック・フォン・スネークスと、メンタル王国国王ウィリアム・フォン・メンタルによる会談で、友好条約の締結と、酒や麦などはスネークス王国から輸出すると取り決められたが、問題は鉄である。

鉄の重要な産地である北方のアボット辺境伯家、現スネークス王国アボット侯爵家が、スネークス王国に統合された事で、ザビーン帝国との国境沿いの北の貴族も、スネークス王国に寝返った。

山岳地方のアボット領と、飛地であった元々の領地の間にあった家も、挟み撃ちされてはひとたまりもないと、スネークス王国に降る。

ザビーン帝国との国境争いは無くなったが、メンタル王国内の鉄の産出地の3分の1が失われたことになる。

しかも鉄は、

「ザビーン帝国との戦が想定されます、そのために武器を用意しておく必要があるので、当分の間は鉄の輸出は出来ません」

と、スネークス王国外交官から言われてしまう。

それと旧8軍のほぼ全員と、旧2軍で独身だった兵士の半分ほどがスネークス王国に亡命。

北方面軍も多数がスネークス王国に亡命。

そのため王国兵の数も減ってしまったし、消費した武器を新調する鉄も無い。

さらに西方面軍などは、貴族の少将である指揮官から、一番下の兵士までスネークス王国に亡命したのだ。

それにより一部の国内貴族、元反スネークス派からは、スネークス王国を戦で取り返して併合しろと話が出るが、マクレーンの反乱や、それ以前の反乱などにより、兵の弱体化は否めず、さらに精強な兵はスネークス王国に亡命してしまった事もあり、とても戦えない。

なんとか反スネークス派貴族を説得し、スネークス王国との戦は、友好条約締結により回避できただけマシであろう。

もし戦にでもなれば、翼竜2匹を相手にしなければならない。

大陸を虚無の大地にしたという、逸話の残る翼竜とだ。

それだけはウィリアム王個人としても、絶対避けたかったのだ。

現在、西の国境は元コナー子爵家、現スネークス王国コナー伯爵家の領地より西が、北は元アボット辺境伯爵領、現スネークス王国アボット侯爵領より北が、スネークス王国となっている。

北と西が半分以上減ったのだ。

「お前も来たのか？」

とある兵士が、新たに亡命してきた顔馴染みに声をかける。

「月に1度はあの怒鳴り声聞かないと、夜寝れないんだよ」

「お前ドMか？」

「ちがわい！　そういうお前だってコッチに来てるじゃん」

「そりゃ、自分でも分かるくらいに、強くなったからなぁ。死神の下に居ればまだ強くなれるかもしれないなら、死神に付くだろ」

「まあな！　それになんだかんだで給金も良いしな！」

「ちげえねえ！」

兵士達の会話に、華が咲くのだった。

さて、今現在のスネークス王国はというと、軍の再編と武器の確保に走り回っている。

武器のほうはドワーフ達が、酒目当てで以前から多数がスネークス領に移住していたので、職人は多数いる。

普段の夜ならば酒を飲んで騒いでいるドワーフ達が、夜も仕事をして現在フル回転で製造中である。

何故か？

「貴族用のブランデー、飲んでみたくないか？　期日までに必要数揃えてくれたら、関わったドワーフ1人につき、ブランデー1瓶、報酬とは別でプレゼントするぞ？」

パトリックが使った殺し文句である。

普通では無理な量の注文だったが、ドワーフ達はそれを聞いてイチコロであった。

そのため武器の確保に目処がたったのだが、食糧確保のため、わずかに酒の製造量が減っている。

保存食になる麦や米を使った酒が減っているが、メンタル王国への輸出量を減らし、他の安いワインや酒で誤魔化している。

特にドワーフには、絶対に気付かれてはならないのだ。

酒の切れ目が縁の切れ目とは、ドワーフの諺で一番有名な諺なのだ。酒が減っているなんていう噂が流れると、ドワーフが騒ぎ出してしまう。

そんなこんなで、旧スネークス本館、現スネークス王国王城では、現在首脳陣を集めて会議中である。

「ボア宰相、軍備の増強具合は？」

と、パトリックがミルコに訊ねる。

「はっ！　ドワーフや職人達の頑張りのおかげで、現在予定の8割ほどです。あと1ヶ月ほどで揃うかと」

　と、ミルコ・フォン・ボア宰相が答える。

　そう、ミルコはスネークス王国宰相に任命されたのだ。現在の爵位は侯爵である。

「よし、順調だな。エルビス大将！　国軍の鍛錬具合は？」

「は！　スネークス王国兵は問題ございません！　現在、第1砦兵（元西の砦の、西方面軍）は、ワイリーン伯爵の指揮で。ヴァンペリート伯爵は、（ワイリーンとヴァンペリートは伯爵に任じられている）第2砦の訓練の指揮を、リスモ少将、トニング少将の指示でアボット侯爵領兵の強化をしております。他の家の領兵はコナー伯爵領兵、ホールセー男爵領兵以外は、ほぼついてこれませんので、治安維持部隊として割り切りました」

　と、大将に任命されたエルビス侯爵（家名をエルビスにした）が答える。

「まあ、仕方ないな。それで良い。ワイリーン中将！　第1砦の設備強化の進行具合は？」

「は！　現在、西と北の砦を繋ぐ柵を設置中ですが、おそらく間に合いません」

「まあ、そうだろうな、他は順調か？」

「はい、隠し砦も、ほぼ完成です」

「よし！　ヴァンペリート中将、北の第2砦（山岳地方にメンタル王国が設置工事をしていた新砦）の状況は？」

「柵に関しては第1砦と同様です。他はほぼ完成であります！　抜けた北方面軍兵士の後釜に、山岳地方出身者を入れて、現在訓練中です」

「よし、北からの柵は諦める。西からの柵を手伝え。クスナッツ少将、我が城の防衛強化の進行状況は？」

「はい！　現在城壁の補修、改善中ですが、順調です」

と、王城警備隊の指揮官である、クスナッツ少将（クスナッツを家名にし、爵位は子爵）が答えた。

「アイン少将、ザビーン帝国の動きとメンタル王国等の動きは？」

「は、まずメンタル王国から。メンタル王国内の貴族の再編と、兵士の募集で、かなり混乱しているようです。カナーン侯爵のもとに、人族の魔法使いを集め、メンタル王国魔法部隊を結成し、現在訓練中のようです。まあ、デコース殿を入れて3人ですが」

と、答えたアイン少将（こちらも、爵位は子爵で、アインを家名にした）。

「ほう、2人も見つけたのか！」

パトリックが少し驚く。

「はい、いずれもドのつくような田舎の今年30歳になりたての男と、見つかるのは同じ条件ですので、人族に魔法使いの能力が発現するのは、30歳なのかも知れません。我が国もその辺を念頭に探れば見つかる可能性があり、現在調査中です。そしてメンタル王都のスネークス邸ですが、スネークス王国大使館として活用していて、そこを拠点に麦と酒をメンタル王国に輸出しております。先日、その大使館でプラム王国大使と会談いたしました。我が国の事をすんなり承認し、友好条約の締結を求めています。生意気にも対等な条約をと言ってますが、それは蹴って陛下の舎弟国家扱いで良いかと。それとザビーン帝国の方ですが、ここ数年の慢性的な食糧不足と、先の西のソロモン国との戦により、兵士も国力も減っています。攻め時かと！」

アインが一気に説明した。

「わかった！　では皆は、最後まで気を抜かぬよう頼む！」

パトリックが、その場に居る者達の顔を見て言うと、

『御意！』

と、声が揃う。

「私はプラムに飛んで、対等な条約とか偉そうな事を言った、アイツをシメてくる！」

パトリックの眼の奥が怪しく光る。

〰〰〰〰〰〰〰〰

時は少し巻き戻り、場所はメンタル王国の南に位置する、プラム王国。

「メンタル王国を乗っ取ったのか？」

プラム王城で、部下からスネークス王国建国の報告を聞き、書物を見ていたアントニー・ディス・プラムが、頭を上げて問い返した。

揺れる金色の頭髪は、獅子族の王家特有の色である。

「いえ、他領を巻き込んで独立したようです」

と、部下が答えると、

「まあ、言いなりで終わるようなタマじゃないのは、解ってた事だしな」

と、アントニー王が言うと、

「はい、問題は我が国に対して、どう言ってくるかです」

そう言い、心配顔の部下。

「どう思う？」

と、アントニー王が聞く。

「スネークス王国にとって、我が国を取り込む利点があるとするならば、食糧が豊富という点と、もしメンタル王国と戦になった時に、うちと挟み撃ちに出来る点ですが、メンタル王国とは友好条約を結んだようですし、これは無いので食糧だけかと。しかしスネークス王国も麦の産地ですので、食糧事情は悪くないはずですから、我が国を取り込む利点はなさそうです。ですからここは友好条約を結んで、互いに交易して、揉めないようにするのが得策かと」

「だな、もし取り込まれたら、何言われるか分かったもんじゃないからな！　とりあえず外交大使を遣わせて、なんとか友好条約の締結をさせろ！　かなり譲歩しても構わん！　殺されるよりマシだ！」

「はっ！」

という事で、スネークス王国に派遣された、狐獣人のエリオ大使は、スネークス王国大使と、メンタル王国にあるスネークス王国大使館で、会談する事になる。

そしてよせば良いのに、早く締結して帰りたいがために、余計な事を言ってしまう。

エリオ大使はパトリックに会った事がないし、翼竜も見ていない。

噂話に聞いただけだ。騒動の時は西の国に交渉に行っていて、国に居なかったからだ。

運が悪かったとしか言いようがない。

あの騒動の時に国に居たなら、

「新興国だが、対等な条件で友好条約を締結してあげましょう。そちらにとっても良い話でしょう？」

などと言わなかっただろう。

その言葉を聞いたスネークス王国の子爵であり、外交官でもあるモルダー・フォン・レイブン大使は、

「ほう。その言葉、我が陛下にお伝えしてもよいので？」

と、問い返した。

それを聞いたエリオ大使は、プラム王国は新興国に対して、友好的な国だと伝えてくれるのだと思い、

「もちろんです」

と、笑顔で返した。


〈エリオの悲劇〉の幕開けである。


以後、エリオ大使は常にパトリックから無理難題を押し付けられ、本国から怒られる人生を歩む事となる。

後に〈エリオの悲劇〉は、とある者が書籍化して大ベストセラーとなり、各国で劇まで上演される。

取り返しのつかないミスの怖さを、下調べの大事さを伝える物語として。

なお、この物語ではパトリックは、物凄く極悪な王として描かれており、この小説や劇を観た他国の国民から、極悪非道な人物と認識されることになる。

まあ、間違ってはいないか。

そして、失言を失言と認識しないまま、本国に帰ったエリオ大使。

王城には［手応えアリ］と、報告して、普通に生活していたのだが、突如王城より来た兵士達に連行されることになる。


時は進んで、エリオ大使が王城から呼び出される少し前。

プラム城の廊下を、慌ただしく走る男が1人。王の執務室のドアをノックもせずに開けると、

「陛下！　上空より漆黒の翼竜が接近中です！」

「何っ？　奴が来たのか？　いったい何の用だろう？　友好条約締結のために、わざわざ王自ら来るとは考えにくいが？」

「何かは分かりませんが、自らというのが気になります、良からぬ予感すらします」

「よせ、そんな事を言ったら、本当に良からぬ事を招くぞ？」

などと言い合っていると、
ドーンッ！

と、大きな音と共に、城全体に揺れを感じた。

同時に凄まじい殺気も。

「アントニー！　出てこい！　貴様ウチと対等な友好条約だぁ？　ふざけた事言いやがって！　この城潰してやろうか！　さっさと出てきやがれっ！」

と、大声で叫んだパトリックの声が、城に響く。

「ほらみたことか！　お前があんな事言うから！　マズいぞ！　めちゃくちゃ怒ってる！」

と、アントニーが少し怯えた表情で言う。

「私のせいにしないでください！　しかし、対等ってどういう事でしょう？　譲歩しても良いと陛下はおっしゃいましたよね？」

と、部下も困り顔で言う。

「ああ言った！　エリオ大使にも、譲歩して構わないから早く締結しろと、直接言った！　とりあえず、至急エリオ大使を連れてこい！　私はとりあえず奴の機嫌をとっておく！　急げ！」

慌てて走るアントニー王に、

「はいぃぃぃ！」

と、走りながら返事をした部下であった。


〜〜〜〜〜〜〜〜〜〜〜〜〜〜〜〜


「まったあぁぁぁ！　城を潰すのは勘弁してくれぇ〜」

アントニー王が慌てて登場して、パトリックに滑り込み土下座して頼んだ。

「来たなこのガキャァ！　ワレ、ウチと対等とか舐めてんのか！」

パトリックがアントニー王に怒鳴る。パトリックより年上のはずなのだが。

「違う！　そんな事言ってないんだ！　譲歩して良いから、友好条約を早く結んでこいと言ったんだ！　殺されたくないから！」

と、顔をあげて、手違いだと言い訳するアントニー王。

「じゃあなんで、対等な条約を結んであげましょうって、大使が言うんだよ！　なにか？　お前んとこの大使の権限は、王であるお前より上なのか？　それともお前は、大使にちゃんと意図を伝えられない無能か？　無能の舎弟とか要らないから、お前ぶち殺してこの国乗っ取ろうか？　ああ!?」

と、恫喝するパトリック。

前世で散々やってきたのだろう。様になり過ぎである。

「やめて～殺さないで乗っ取らないで！　今、大使を連れて来させてるから！」

そんなやりとりが繰り広げられ、1時間後、プラム城の玉座に座るパトリックの目の前に、エリオ大使が引きずられるように連れてこられた。

何故引きずられているのか？

パトリックの殺気で、エリオ大使の足が震えて自らの足で歩けなかったからだ。

いや、エリオだけではない、この空間に居る全ての者が震えている。

エリオ大使を引きずっているアントニー王だけが、唯一動けると言った方が良いだろう。

さすがは王といったところか。

「てめぇか！　偉そうに対等な友好条約とか言った奴は。良い根性してるな。アントニーから譲歩して良いと言われてるのに、対等を持ち出したんだ。それ相応の価値がプラムにあると言いたいんだろう？　何がある？　食糧か？　間に合ってるぞ？　なんか言ってみろ、キツネ野郎！」

とエリオ大使に、殺気全開で問いただすパトリック。

「あ、あああ、あのその、へい、そう！　兵力です！　わわわ我が国は身体能力の、たた、高い兵士が揃っております！　人族より戦場で有益でしょう！　対等な友好条約を結んでいただければ、いいいい戦になった時に応援に行くと、かなりの戦果が期待できますです！　はい！」

かなり噛んだが、口からデマカセでそう答えたエリオ大使。

「ほう、戦力として獣人の命を差し出すというのか？　良いだろう。対等は無理だが、それに近い条件で友好条約を結んでやる！　ただし！　てめぇも戦場に参加する事が条件だ！　人の命を差し出すというのだ、自分も出なければ、他の国民に対して不誠実だろう？　決まりだな」

と、勝手に決めたパトリック。

「えぇ？」

エリオ大使が戸惑いの声を上げる。

「アントニー、お前もおもしろい部下持ってるじゃないか。今後、ウチとの交渉はお前かコイツで行うことにする。いいな？」

アントニー王を睨んでパトリックが言うと、

「はいっ！」

と、直立不動で返事するアントニー王。

「では、近いうちにザビーン帝国と戦をするので、兵力を出すように！　では帰る、あ、兵士の数が少なかったら、後でどうなるか分かってるよな？」

ニヤニヤ笑いながら、上機嫌で帰るパトリックであった。

その後エリオ大使は、アントニー王からめちゃくちゃ怒られたのだが、それは記すまでもないだろう。

エリオ大使は、いい歳のオッサンなのに、本気の涙を流し、アントニー王に土下座して許しを乞うた。

アントニー王は、エリオをぶち殺したい衝動に駆られていたが、エリオを殺してしまうと、交渉の席に自分が着かねばならぬ事となり、それだけは嫌だったので、エリオを生かしておいたとだけ記しておく。

第十五章　帝国侵略

パトリックが独立を宣言し、スネークス王国を建国した年の秋。

作物の収穫も終わり、スネークス王国民達は冬に備える。

まあ、スネークス王国は北以外は温暖な気候であるが。

「準備は整った」

と言う、スネークス王城の広間に居る、黒髪に黒い瞳を持つ男。

「兵も集めた……」

続けて発した言葉は、これから戦に突入すると告げている。

だが、少し言葉が弱々しい。

砦には大量の食糧に武器を運び入れ、準備万端である。大型の馬車に大きな馬も多数手に入れてある。

兵士の強化と配置も既に終わり、明日の夜明けより王城を出て第1砦に入る予定であった。

ザビーン帝国の食糧不足は、この年の収穫では解消出来なかったと、情報も入ってきている。

先の戦で、占領した土地の畑を荒らしてしまったため、不作だったのだ。

この冬が明けた時、食糧確保のために攻めてくるのは、ほぼ間違いない。

それに先手を打つべく、先に用意していたのだ。この大陸には宣戦布告などという風習は無い。

そのため砦などで監視しているのだから。

ザビーン帝国の戦の用意が終わって、攻めてくるのを待つ必要などない。

のだが、

「なのに何故、今なんだ……」

ギャ？

キャギュン？

と鳴く2匹の翼竜。

「いや、良いんだよ。プーとペーの愛の結晶だ！　しっかりと温めて可愛い子を、私に見せてくれよ」

と、パトリックが2匹に言うと、
ギャ！

ギュッ！

と、嬉しそうに2匹が鳴いた。

そう、スネークス王城の広間にあるプーとペーの共同寝床には、大きな卵が2つ！

ペーが卵を産んだのだ。いっこうにペーに対して発情しないプーに、痺れを切らしたペーが襲っていたと、パトリックは使役獣係のガルス大尉から報告は受けていた。

しかも普通は翼竜の卵は、一回の産卵に1つのはずなのだが、何故か2つ。

「プーとペーで、敵の砦を先制攻撃しようと思ってたのに、2匹で卵を1つずつ温めるから無理か。ポー達は城の防衛で堀の中だし、そもそも水の外では動きが遅いしなぁ。体は硬いから矢などは刺さらないけど、どうするかなぁ？」

と、パトリックが独り言を言うと、パトリックの右肩を何かがポンポンと叩く。

「ん？」

と言って振り返ると、ぴーちゃんの大きな顔が。

ニヤリと笑っているように見えるのは、目の錯覚だろうか？

「え？　俺の血？」

ぴーちゃんがパトリックに何か言ったのだろう。

パトリックが聞き返すと、頷くぴーちゃん。

「別に良いけど、喉が渇いたなら水持ってくるよ？」

パトリックがそう言うと、首を振るぴーちゃん。

「ん？　違うの？　進化に必要？　ぴーちゃん進化するの!?」

そう言いながら左腰の刀を抜いて、左手小指をスッと刃に滑らせ、傷から滴る血液。

口を開けてぴーちゃんがそれを飲む。

「もういいの？」

口を閉じたぴーちゃんを見ながら、パトリックはポーションを飲む。パトリックの指の傷がスッと消える。

ぴーちゃんはパトリックを見つめる。

「え？　真名を呼べ？　本当の名前を？」

パトリックが聞き返すと、ぴーちゃんが激しく首を縦に振る。

「ピクロスティアー」

パトリックがそう言った刹那、呼ばれた真名に呼応するかの如く、激しく光り出したぴーちゃん。

数分後、光が収束しその場に居たのは、虹色の光沢を放つ黒真珠のような鱗を持つ、１匹の巨大な蛇。

紅い瞳に、頭部から前方に伸びる2本の刀のような角。

その姿は常陸国《ひたちのくに》風土記《ふどき》に登場する、夜刀神《やとのかみ》のようであった！

ぴーちゃんのその姿に、記憶の端に思い浮かぶものがあったパトリック。

「おお！　ぴーちゃん、綺麗になったな！」

とぴーちゃんに話しかける。

「褒めて貰ってチョー嬉しいわ主《あるじ》！」

と、ぴーちゃんが少し高めの声で喋った。

「ぴーちゃん！　声が！　話せるの⁉」

と、驚いたパトリック。

「進化したからね」

と、自信に満ち溢れたような声のぴーちゃん。

「ぴーちゃん、夜刀神って知ってる？」

「ヤトノカミ？　なにそれ？」

「違うか、似てるだけだよなぁ、やっぱり」

「私に似てるの？」

「なんとなくだよ。見たことあるわけじゃないしさ」

「ふうん、まあいいわ。さて今まで溜めまくった魔力をようやく使えたし、気分爽快！　本当はプーとペーも、ワイバーンのままで暫く溜めさせたかったのに、あの子ら力が湧いて、有頂天になって解放しちゃったから、普通の翼竜程度で止まっちゃってさ」

と、少し不満気なぴーちゃん。

「ん？　プーとペーって、翼竜が最高じゃないの？　俺の血を飲ませて真名呼べば、また進化する？」

「多分強化して終わりかなぁ、やってみる？　進化の条件は、進化できる素養のある個体が、特定の上位魔物を食べる事と、魔力が充分溜まってる事。これが普通の魔物の条件で、使役獣はさらに、主の一部を貰い受ける事と、真名を呼んでもらう事ってのが追加されるわけ。プー達は２つの条件だけでやっちゃったからねぇ」

「ものは試し！　やってみる」

先ほどと同じようにプーとペーに血を飲ませ、

「プロトティクス、ペロデティータ」

と、パトリックがプーとペーを呼ぶ。

プーとペーがボンヤリ光って体が少し大きくなった。

「ほら、やっぱり。翼竜王《ドラゴンキング》になれてない。せいぜい翼竜騎士《ドラゴンナイト》か翼竜将軍《ドラゴンジェネラル》程度ね。まあ、魔力は多少上がったし、卵が孵化するのも多少早くなるでしょ。あ、ポー達はまだまだ無理よ。まだ赤ちゃんみたいなもんだし」

と、ぴーちゃんが言う。

「あの大きさで？」

ポー達は既に5メートル以上に成長している。

「だって湖で私が仕留めた水竜、もっとデカくてゴツかったでしょ？」

「確かに！」

「まあ、いいでしょ。主、先制攻撃は蛇竜王《スネークドラゴンキング》となった私に任せなさい！」

やる気満々のぴーちゃんであった。

ぴーちゃんのそのやる気が、少し怖かったパトリック。

そんなこんなで準備が整い、

「じゃあ行ってくる」

と、パトリックがソーナリスに言う。

「手足引き抜かれても、絶対に生きて帰ってくるのよ。今の私は、貴方無しではもう無理なの」

と、ソーナリスが言った。

何が無理なのかは、読者の想像に任せる。

「えっと、何日なら耐えられる？」

と、困り顔でパトリックが聞くと、

「30日、それが限界。それまでに帰って来ないようなら、その時はプーかペーに乗って、それが無理だったらポーに乗って、五十音達を引き連れて貴方のもとに向かうからね！」

と言ったソーナリス。

五十音達とは、ポーの兄弟達の事だ。

パトリックが、頭文字をアイウエオ順に、適当につけたのだ。アは、アズーリル。イは、イエンシスなどと、一応ちゃんと決めたが、普段はあーちゃん、いーちゃんと呼んでいる。

「わかった、プー、ペー、ソナを頼むよ」

プーとペーの頭を撫でて、パトリックが城を出る。

「スネークス王国軍、出発だ！」

と、大声で叫ぶ。

「オオッ！」

と、兵士達が応える。

ぴーちゃんこと、ピクロスティアーの頭に乗るパトリック。

先頭を凄まじいスピードで移動していく。

後に続くスネークス王国の馬隊は、必死で馬を駆けさせる。

馬車隊や歩兵はとっくに置いていかれている。

それを見て、

「ぴーちゃん、ゆっくりでいいよ、力温存しておいて」

そう言って、ぴーちゃんのスピードを落とさせるパトリックであった。

元メンタル王国西の砦、現スネークス王国第1砦にパトリック達が入る。

ぴーちゃんに慣れていない者達が逃げ惑ったが、些細な事である。

「状況は？」

パトリックが言うと、

「敵ザビーン帝国兵士が、ウチの動きを怪しんでいるのか、国境より西の草原にて、集結中とプラムの鳥人族部隊より報告がありました」

先に来ていたワイリーン中将が、パトリックに地図を見せながら報告する。

「勘付かれたか？　さらに集まると厄介だ。明日の朝に仕掛けるぞ！」

少し眉間に皺を寄せたパトリックが、そう指示した。

「はっ！　兵に充分な食事と休息を与えます」

と、ワイリーンが敬礼して答えた。

「ああ、夜明け前に集合させよ」

「御意！」

そうして、戦の前日の夜が最終準備を終え、眠りについた第1砦。

まだ暗い中、砦の中庭に勢揃いしたスネークス王国第1砦軍と、毒蛇隊。

毒蛇隊は元8軍や2軍の兵達も入隊しており、精鋭部隊である。

ところで何故こちらに集結しているのか。

北から攻めないのか？

北は山岳地域なので、大部隊の侵攻には向かないのだ。

それにそろそろ雪も降る。

なので少数の部隊で攻めることはあるかもしれないが、主勢力はこちらから侵攻するとパトリックは決めたのだ。

1万人ほどの大部隊が集結している。

ワイリーン中将のセリフで気が付いただろうが、プラム獣人軍もこの中に入っている。

その数3000。

「スネークス王国軍よ、応援に来てくれたプラム獣人軍達よ。これよりザビーン帝国を攻める。いつ来るかと思いながら不安な日々を過ごすより、先に攻めて叩く！　すまんが皆の命を危険に晒すことになる。死ぬ者も出るだろう。だが、ザビーン帝国が万全の準備をして攻めて来る前に叩かねば、こちらの被害は想像を絶するものとなろう。後顧の憂いを無くす戦いである。無駄に命を散らす必要は無い！　場合によっては逃げても構わん！　撤退すべき時は撤退し、次のチャンスに備えよ。無駄死には許さん！　そして私も皆と共に戦う。プラム獣人軍達は、我が軍の補佐をしてくれれば良い。我が国の戦に、応援に来てくれた事を、心より感謝する！　あ、エリオ！　オメェは最前線な！　では！　出陣！」

そう言って、移動を開始したぴーちゃんの頭の上で、前を見据えるパトリック。

続々と兵士が歩き出す。

エリオの悲鳴が響く第1砦から、ジタバタするエリオを引きずりながら。

少し時を巻き戻す。

スネークス王国が建国された事は、商人を装うザビーン帝国の諜報部が、スネークス王国、そしてメンタル王国を通り抜け、プラム王国との食糧の貿易をするため、入国していた商人の一団に紛れて潜入しており、そこから帝国に伝わった。

少しでも食糧を手に入れようと、ザビーン帝国は帝国なりに必死だったのだ。

「そういうわけで、メンタル王国が分裂し、メンタル王国とスネークス王国が、戦に突入する可能性もあります。メンタル王国の一部貴族達は、スネークス王国を攻めろと王に進言していると、巷で噂らしいです」

と、ザビーン皇帝に報告をする部下に対して、

「ならば、メンタル王国とスネークス王国が開戦した時にあわせて攻めるか、戦が終わって疲弊してる時に攻めるかだな。不可侵条約はメンタル王国と交わしたのであって、スネークス王国とは交わしてないから、いつ攻めても良い訳だし、メンタル王国が勝ったとしても、疲弊していて不可侵条約が切れる時に、国力は回復しておらんだろう！　国境近くの鉱山を取り返すチャンスだ。ああ、麦の産地だから収穫期が終わってから、麦を奪うほうが良いな！」

と、ザビーン皇帝が笑いながら言った。

「そうですね。食糧を奪うほうが良いでしょう。農地を避けて戦をして占領したほうが、後々の収穫も期待出来ます」

「前の失敗と同じ事をするわけにはいかんからな」

と、前回の戦の失敗を認める、ザビーン皇帝。それなりにちゃんとした主導者のようだ。

そうして、２つの国を監視するために、商人に金を握らせ、情報を集めることにしたザビーン帝国。

もちろん商人に偽装した、国の諜報員も派遣する。

ただ、本当の商人から良い情報が入る事は、少なかった。

何故なら、

「ザビーン帝国より、スネークス王国に取り入ったほうが、儲かりそうだ」

「税率は、スネークス王国のほうが断然安いぞ」

「スネークス王国の酒を、大量に仕入れできるチャンスかも」

ザビーン帝国の商人達は、税率の高いザビーン帝国より、スネークス王国に尻尾を振ったほうが儲かると踏んだようだ。

商人達をアテにしていた、諜報員達には誤算だっただろう。

だが、自分達で余り動き回らなかった諜報員にとって、命拾いした事になるのだ。

何故なら、働き者の諜報員は、すでにこの世から消えていたのだから。

「今日は何人だ？」

アインが部下に聞くと、

「８人です」

と、返ってくる。

「まったく、無駄な事を。我が国から有益な情報を抜くなど無理なのにな。我らが居る限り」

と、アインが冷静な顔で言うのだった。


〜〜〜〜〜〜〜〜〜〜〜〜〜〜〜〜〜〜〜〜〜〜〜〜〜〜〜〜〜〜〜〜〜〜〜〜


「スネークス王国の砦に、多数の大きな馬車が行き交っている？」

一部の商人から情報を聞いた、ザビーン帝国軍司令部は、その知らせを一応皇帝に報告した。

ザビーン皇帝はそれを聞き、先のように聞き返した。

「はい、毎日のように馬車が砦に入っているようです」

との部下の言葉に、

「馬車だけなのだろう？　春までの食糧だろう。もうすぐ冬だからな。収穫した麦を運び込んでいるのだろう。諜報員達からは、何も報告は無いのだろ？」

「はい、目立った報告は他にありません」

「ならば気にする事はないだろう。馬が大量に運び入れられるようなら、攻めて来るやもしれぬがな。まあ、少しずつ兵を東側に配置しておけ。メンタルとスネークスが戦になった時に、場合によっては攻めるかもしれぬからな」

まだメンタル王国と、スネークス王国の両国で、友好条約が締結されたことを知らないザビーン皇帝は、その言葉でこの問題を片付けてしまった。

スネークス王国から、遠く離れたザビーン城にいるザビーン皇帝は知らない。

馬車の大きさを。

ちゃんと報告しなかった商人も悪いが、馬が何頭も積み込めるほどの、超大型馬車だった事を。

それに馬などなくとも、毒蛇隊が一昼夜全力で走りきれる事を。


スネークス王国の砦に、食糧が運び込まれたかもという報告が、ザビーン帝国城にもたらされてから数日後、ザビーン帝国の東の砦に、国境付近に配置されていた、国境警備の兵士が馬で数人現れて、砦に向かって大声で叫んだ。

「スネークス王国軍が国境を越えましたっ！　かなりの大部隊ですっ！」

それを聞いた、砦の門の警備に就いていた兵士が、

「なにっ！　あの砦にそんな大部隊が入った報告など、受けてないぞ!?」

と言うと、

「でも事実です！」

と、馬上の兵が言う。

「ええぃ、それで国境警備隊はどうしたっ？」

「国境警備隊は撃破され、散り散りに撤退。我らは上官の命令で、馬を走らせ報告に来ました！」

「むむ、おいそこのお前、とりあえず上官に報告してこい！　お前は鐘を鳴らせ！　戦闘配置だ！」

と、別の兵に報告に行くように命令し、異変を知らせる鐘が砦に鳴り響く。

「おいお前ら！　門を閉めるから早く中に入れ！」

と、兵士が報告に来た国境警備隊の兵士に言うと、

「それと草原に居た部隊には、状況を説明済みであります！」

と、追加の報告をした国境警備隊。

「指揮官はなんと言っていた？」

「数日は時間を稼いでみせると。その間に帝都に応援要請をと！」

「なるほど！　とりあえず中に入って、もう一度同じ報告を司令部に頼む！」

「心得ました！」

そう言い馬を砦の内部へと進めた、国境警備隊。

砦の司令部は、国境警備隊の報告を聞き、帝都に報告することを決定した。

そうして、数頭の馬に乗った兵士達が、慌ただしく帝都に向けて出発するのだった。

ザビーン帝国国境警備隊を、ぴーちゃん抜きで撃破したスネークス王国の兵士達は、そのまま西の草原に向かう。

何故ぴーちゃん抜きかというと、ぴーちゃんがデカイからである。

国境沿いは険しい山が多く、人や馬が通れる森の道や草原は限られている。そのため、その道を見張れる位置に、国境警備隊の詰所がある訳だが、ぴーちゃんがそこを通ると、森の木々を薙ぎ倒して進む事になり、かなり遠くからぴーちゃんの存在を視認されてしまう。

なので、せめて国境を越えるまでは、隠密行動をしたかったパトリックは、ぴーちゃんに、

「ぴーちゃんは、一番後ろね」

と、言ったのだ。

「ええっ!?　主と一緒に行きたい！」

と、ぴーちゃんが少し機嫌を悪くしたが、

「ぴーちゃんは、ラスボスだから！」

と、パトリックが言うと、

「ラスボスかぁ。いいわ！　わかった！」

と、何故か納得したぴーちゃんだった。

草原にてザビーン帝国が、スネークス王国とメンタル王国との戦を想定し、兵士を集結させていたのだが、その場所を匂いで感知しているピクロスティアーこと、ぴーちゃんが一気に突っ走る。

いや、走ってはいないか。

「ぴーちゃん、後ろ付いて来てないって！」

パトリックが自身の足元に向かって叫ぶ。

「さっき何もしてないから体力が有り余ってるのよ！　大丈夫！　私に任せなさい！　主はランス構えて殺気全開でお願い！　その方がカッコいいから！」

ぴーちゃんがそう言い返す。

ぴーちゃんにそう言われて、パトリックは様式美としてプーに乗る時に持つために、ソーナリス達に作って貰った趣味全開の翼竜の角製ランスを、構えるのだった。

〰〰〰

「なんだアレは!?」

それは草原に集結していた、ザビーン帝国の兵士達の総意だったに違いない。

先ほどもたらされた報告で、スネークス王国軍が国境を越え攻めて来たことを知り、慌てて戦闘準備を終え待ち構えていた。

だが、最初に見えたのはスネークス王国の兵士ではなく、巨大な蛇のような魔物。

虹色に輝く黒真珠のような体に、ルビーのような紅い瞳。頭部から前方に向かって伸びる2本の黒い角。

そしてその魔物の頭部、ちょうど2本の角の間に、髑髏の兜に蛇の鎧を着けた者が居る。

その者が放つ殺気は、闘争心を砕くほどであるが、その殺気を感じられる者がどれほど居ただろう。

その者が振るランスが、魔物に行き先を指示しているように見えた。

「国境をスネークス王国の兵が越えて、国境警備隊が負けた報告は受けた。だが、あんな魔物が居るとは聞いていない……」

蛇の魔物を見た指揮官が、誰に言うともなく呟いた。

魔物を見た瞬間に、散り散りに逃走しだしていたザビーン帝国の兵士達。

逃げ遅れた兵士を体で弾き飛ばしながら、前進する巨大な蛇の魔物に、進む先をランスで示す赤い異形の鎧を装着した者。

ザビーン帝国軍の指揮官が、逃げる兵士を怒鳴って止めようとしていたが、群集心理に捉われた者達を止めるのは、かなりの無理があった。

「主！　たぶんアイツが指揮官！」

ぴーちゃんが二股に分かれた舌を器用に向けて言った。

「だな！　行ってくる！　ぴーちゃん、うちの兵に被害が出ないように、上手くやれよ！」

ぴーちゃんの頭部から飛び降りたパトリックが、そう言って一直線に指揮官に向かって走り込む。

「もちろん！　任せておいて！」

パトリックの背に向かってそう言ったぴーちゃんは、そのまま敵兵を蹂躙していく。

パトリックが自分の頭部から消えたため、好き放題できるようになったぴーちゃんは、口から黒い霧のようなものを吐く。

それは自身の毒を細かい霧状にしたもので、空気と混ざることにより、毒性は薄められるものの、視神経に作用し、数時間、目が見えない状態となる。

目の見えない兵士達が闇雲に槍を振り回すが、ぴーちゃんにとって槍など、綿棒で撫でられるようなものであった。

ブンッ
と振られたぴーちゃんの尻尾に、運悪く当たった者が空を飛んでいき、地面に激突して命を終える。

次にぴーちゃんは口から液体を吐いた。

それはぴーちゃんの胃酸。

読者の方は、蛇が獲物を丸飲みした時、骨がどうなるかご存じだろうか？

蛇の消化液は、太い骨すら溶かす。

糞で出てくるのは、獲物の体毛や溶けて吸収しきれなかったカルシウムなどだ。

ましてや魔物であるぴーちゃんの胃酸。

それは人にかかると、たちまち肌を溶かし、骨まで溶かした。

溶け落ちる自分の肉体。

それを見たザビーン兵士の心境は、如何程だっただろう。

少し後で到着した、スネークス王国軍達が見た光景は、空から落ちて呻く兵と、ぴーちゃんに押しつぶされて、内臓をぶちまけた死体、それに視力が回復せずに、ひたすら槍を振り回している兵、溶け落ちた肉体で動けず地面に伏した兵達だった。

「あんな死に方嫌だなぁ」

とあるスネークス王国兵が、内臓をぶちまけて息絶えた敵を見て、ポツリと言葉を漏らした。

パトリックはぴーちゃんから降りてすぐ、気配を消してひた走る。

目指すは敵の指揮官の首。

混乱しているザビーン帝国兵の間を、器用に抜けていく。

「ええぃ、こうなっては砦に立て籠もって籠城戦しかないか！　あんなバケモノと草原で戦っても勝てる見込みが無い！　退却だ！」

そう叫んだ指揮官の背後で声がした。

「バケモノとは、ぴーちゃんに対して失礼だぞ！　私のペットを悪く言う奴は、あの世で後悔しろ」

その言葉と同時に、指揮官の喉から赤い液体が噴き出して、その場で倒れた。

もがき苦しむ指揮官の頭部を、鉄でつま先を補強したブーツの先で、思いっきり蹴り飛ばしたパトリック。

指揮官の頭蓋骨が、砕ける音がした。

倒れた指揮官を見て、わずかに逃げずに残っていた、ザビーン帝国の兵士達が諦めて逃げ出す。

が、逃してくれるほどスネークス王国軍は優しくない。

武器を持って逃げるザビーン帝国兵は、空からの鳥獣人の投げるナイフ、歩兵の槍に騎兵の槍、そして遠距離からの弓矢に狙われ、その命を散らしていく。

そしてなによりも、ぴーちゃんの存在。

その巨大な身体は、ザビーン帝国兵が逃げる方向に制限を与えているため、スネークス王国軍は、難なくザビーン帝国兵を倒せているのだ。

巨大な蛇の魔物に、好き好んで近づくという強者は居なかったのである。

諦めて手を上げ投降した者達だけが、その命を保つ事ができた。

「よし、あらかた倒したな」

パトリックの目には、無双するぴーちゃんと、投降した兵士を捕縛するスネークス王国兵達が見えている。

「陛下！　こちらの被害は皆無です！」

と、報告しに来た兵に、

「ご苦労！　ディクソン大尉！　カナーン中佐に、我らは先にザビーンの砦に向かうと伝言を頼む。私と馬隊で先行するから、歩兵隊は、戦闘速度で後から来るように！」

そうパトリックが指示をだした。

ちなみにケビン・ディクソン大尉は、声を出したパトリックならば、見つける事が可能になった。

弛《たゆ》まぬ努力の賜物である。

「御意！」

ケビン・ディクソン大尉が、パトリックに敬礼する。

「では、ワイリーン！　馬隊を頼むぞ！　続け！」

そう言い、ぴーちゃんの頭に乗るパトリック。

時間を稼ぐという話だったのに、帝都に伝令を出した数十分後、巨大な蛇の魔物の襲撃を受けた、ザビーン帝国東の砦。

砦の見張り台から、その姿を確認した兵の報告により、慌てて砦の城壁に弓隊を配置したまでは良かった。

一斉に放った弓矢をものともせず、砦の門に体当たりした蛇の魔物が、壊れた門から侵入して暴れ回っている。

尻尾の一振りで数十人の兵が飛ばされ、壁に激突して倒れる。

S字のような体勢になったと思うと、次の瞬間には、目に見えぬ速さで伸びた頭部により、建物の壁が破壊されている。

逃げる兵士を、まるで豆ツブでも飲み込むが如く、次々と食い殺す魔物。

その光景を見せつけられていた、砦の最上部に居る、一際豪華な服装の指揮官が、

「おい！　早くあのバケモノを殺せ！」

と、兵士に怒鳴る。

暴れ回る巨大な蛇の魔物に、砦内の兵士は砦の外を全く見ていなかった。

数分後、スネークス王国の馬隊が、崩れた門から侵入。

襲撃を受けたザビーン帝国の砦では、馬に乗るスネークス王国兵の槍が、ザビーン帝国兵に次々と刺さる。

それに加えて、さらに数分後に侵入してきた、力の強い獣人が振り回す戦斧にぶった斬られ、上空から降りそそぐナイフで、兵が倒れる。

ザビーン帝国兵の数が、時間と共に減っていく。

「おそれながら、アレックス殿下！　弓矢も槍も撥ね返されてしまって」

と、兵士が報告する。

アレックス殿下と呼ばれたのは、ザビーン帝国の第2皇子である。帝位争いを有利にするため、手柄を求めてスネークス王国とメンタル王国の戦の勃発を、この砦で待っていたのだ。

「ええい、役立たずめが！　バリスタで狙えばよい！」

アレックス第2皇子が命令したのだが、

「バリスタは砦の外側を狙うために設置されているので、内側に向きません！　撤退を！」

と、兵士が無理なことを伝える。

「あんな、訳のわからん奴らに負けて撤退などしてみろ！　父上に帝位継承権を剝奪されてしまうっ！」

そうアレックス第2皇子が怒鳴った時、背後に寒気を感じたアレックス第2皇子は、無意識に後ろを振り向いた。

その時、眼の前に迫っていたランスが、アレックス第2皇子の右眼に突き刺さった。

そのままランスを押し込まれて、仰向けに倒れたアレックス第2皇子。

脳が破壊されたのだろう、倒れたまま痙攣している。

「アレックス殿下っ！」

そう叫んだ兵士の首が飛んだ。

パトリックが、ランスから手を離して右腰の剣鉈を抜き、叫んだ兵士の首を斬り飛ばしたのだ。

地面に落ちた兵士の頭部は、瞳が見開かれたまま、地面を転がった。

パトリックは、左手でランスを摑み引っこ抜いて、倒れたアレックスの首を剣鉈で叩き斬り、髪の毛を摑んで持ち上げて、

「敵、指揮官、討ち取ったああ！」

と、大声で叫んだ。

スネークス王国の快進撃は続く。


開戦から数日後、北のアボット侯爵領にある第2砦に、ザビーン帝国軍が姿を見せた。

「思っていたより数は多いが、ここを落とすほどの兵量ではありませんな」

ライアン・アボットが言うと、

「まあ、食糧を運ぶ馬車が通れる道が在りませんしね。アレでギリギリでしょう」

と、ヴァンペリートが言う。

「どうします？」

ライアンがヴァンペリートの方を見て聞く。

「第2砦の走竜隊だけで、こと足りそうですが、一応城壁の弓隊の指揮をお願い致します」

ヴァンペリートが、敵部隊を見つめたまま言う。

「承知！」

ライアンが応え、

「では！」

と、ヴァンペリートが歩き出す。

ヴァンペリートの指揮する毒蛇隊の走竜隊は、山岳地域では、最高の機動力を誇る。

移動速度は馬には負けるが、四本足の馬では走れないような山道を、走竜はいとも簡単に走り抜ける。

音も、草などを踏む音は多少するが、鳴いたりしないので、発見されにくい。

崖の上に登った走竜の背から放たれる矢に、次々とザビーン兵士が倒れていく。

僅か300の走竜隊で、2000のザビーン帝国軍が敗走するのに、半日もかからなかった。

だが国境を、スネークス王国軍の第2砦に発見されずに越えた、ザビーン帝国の小さな部隊がいくつかあった。

ザビーン帝国兵は、山の中を隠れるように徒歩で移動していき、とある水場を見つける。

夕暮れが近い事もあり、

「よし、ここで一息いれるぞ。体を休めて明日に備えよう」

部隊の指揮官が小さな声で言った。

夜の山越えなど怪我するだけなので、この判断は正しいと言える。

部隊の半数以上が眠りにつき、半数弱が警戒にあたる中、迷彩服に身を包んだ者達が、同じく迷彩の布を纏わせた走竜に乗って、ゆっくり近づいている事に気がつくザビーン兵は、1人として居なかった。

音も無く放たれた多数の矢が、ザビーン帝国兵士達を貫いた時に、ようやく敵襲に気がついたザビーン帝国軍。

「て、敵襲！」

運良く矢の攻撃から免れた兵士が、声を上げた。

だが、その声により起きたザビーン兵士達は、弓矢の良い的になっただけだった。

次々と倒れるザビーン帝国の兵士。

一部兵士が、木に隠れようと走り出した時、途中に生い茂っていた草の中から、槍が突き出てきた。

喉を貫かれた兵士が、血を吐いて倒れる。

次々と倒れる兵士達を見て、指揮官が、

「敵は一体どこに居るんだ！　いや、それ以前に何故この位置がわかったんだ！」

誰に言うでもなく叫んだ。

「砦から丸見えだったぞ」

よもや、答えが返ってくるとは思っていなかった指揮官だが、

「砦など近くに無い！　嘘を言うな！」

と、叫ぶ。

「お前達が知らないだけだ。国境を越えたところから、ずっと見えていたのさ」

その声は指揮官の耳には届いていない。

もうすでに、首が地面に転がっていたのだから。

その後、逃げる兵士を追う走竜隊。

徒歩で逃げるザビーン兵とは、スピードが段違いなため、逃げ切れるザビーン帝国兵士は数人であった。

「コルトン少将、殲滅いたしましたか？」

迷彩服に身を包んだコルトンに、副官が聞くと、

「ああ、ほとんどは仕留めたはずだ。数人取り逃したかもしれんがな。しかし隠し砦はいい砦だな。水が無いのが難点だが、敵の侵入を高い位置から監視できる。おい！　そこの息のある者には、ト

ドメ刺して楽にしてやれ」

息のある敵兵を見つけたコルトンが、兵に指示する。

「この水場があるから、少し面倒ですが運べば問題無いですからね。しかし山頂砦とは、よくあんな場所を陛下は見つけましたなぁ。あと遠見筒！　アレはヤバイです」

「場所は空から見つけたらしいし、遠見筒は陛下特製だぞ！　まあ、作ったのは陛下に言われたドワーフだけどな」

「ああ、プー様ですか」

「陛下って、ほんと何者なんだろうなぁ？　翼竜を従えるとか、絶対に人じゃないよな？」

コルトンが言うと、

「陛下が曹長の頃から、ずっと一緒の少将がそれを言いますか？　そんなの決まってるでしょ。死神ですよ。さて終わったら次の部隊を殲滅しに行かなきゃですな。追尾させてる者と合流しませんとな！　おいそこ！　処理を急げよ」

この夜、３つのザビーン帝国の隠密部隊が、この世と別れを告げる事となる。

その頃、運良く1つの中規模部隊が、北の第2砦と山頂の第3砦の中間地点から国境を越え、スネークス王国に侵入する事に成功した。

その部隊は、ザビーン帝国隠密部隊の一番格上の精鋭部隊である。

スネークス王国に編入した貴族の兵士達を襲い、次々と馬を手に入れると、街道をスネークス王城めがけ必死に駆けていた。

スネークス王国軍の精鋭達は、ほぼ前線に出たため、治安維持部隊ではその精鋭部隊を止めることが出来なかった。

スネークス城に辿り着いたザビーン帝国の兵士は、正門へと向かう橋が、堀の中央で、堀と並行になっている事に歯がみする。

「何で橋が堀と同じ向きなんだよっ！」

1人の兵士が叫ぶと、

「回転橋とか言うやつだ。内側からのロープで角度を変えるから、外からはどうしようもない」

と、他の兵士が言う。

「仕方ない、あそこの対岸なら、緩やかな感じだし堀から上がれそうだ、飛び込んで泳いで渡れ！」

城側の緩やかな傾斜の部分を指差して、指揮官が言った。

「命令は、王もしくは王妃の奪取、または殺害だ。王は前線で確認されているようだし、狙いは王妃だ！　容姿はチンチクリンのペチャパイだ。それっぽい女を捜せ！」

指揮官の副官がそう叫んだ時、

「誰がチンチクリンのペチャパイだっ！　絶対殺すっ！」

と、叫んだ女性が居た。

見張り塔の上に、聞いていた容姿の女を見つけた兵士が、

「いたぞ！　あの女だ！」

そう言って、堀に飛び込むザビーン帝国の兵士達。

ドボンと、水に落ちる兵達の音に反応した無数の瞳が、音も無く静かに水中から忍び寄る。

水面を平泳ぎで泳ぐ兵士の1人が、突然水中に消えた。

1人、また1人と。

数人が消えて、やっと兵士が減っている事に気が付いた者が現れる。

「おい！　減ってる！　人が減ってるぞ！」

「なにっ？　溺れたのか？」

泳ぎながらそう言った兵士の眼の前で、1人の兵士が沈んだ。

「おいっ！　おかしいぞっ！　この堀、何かいるぞっ！」

そう叫んだ兵士が、水中から浮き上がった。

いや、この表現は正しくないだろう。

牙のビッシリ生えた大きな口に挟まれ、水面上に持ち上げられたのだ。

その特徴的な口を見た兵士が、

「水竜だっ！　水竜がいるぞっ！」

と叫ぶ。

その声を聞き、

「なにっ！　マズいっ！　急げっ！　食われるぞ！」

陸に居た指揮官が叫ぶ。

それを聞き、兵士達が慌てて対岸目指してスピードを上げて泳ぐが、人の泳ぐスピードなど、たかが知れている。

徐々に兵士が減っていく。

もう少しで岸に辿り着くと思った兵士が、クリーム色の物体に水中に引き込まれた。それは今まで見た水竜の顎より、一回りも二回りも大きな顎だった。

ようやく岸に辿り着き、水から上がった兵士の胸に、吸い込まれるように1本の矢が突き刺さる。

「うっ」

と、呻き声を上げた兵士。

「いえ～い！　命中！」

塔の上からソーナリスの声がした。

ペチャパイと言った副官を、ずっと弓矢で狙っていたのだ。

その後、見張り塔から無数の矢が降り注ぐ。上陸した兵士に向けて。

倒れた兵士を、水中から這い出てきた水竜が、咥えて水中に投げ飛ばす。

飛ばされた兵士は、そのまま水中へと沈む。

次々に岸に上がる水竜。その中でも一際目立つ水竜が1匹。

「でっ、デカイッ！」

他の水竜の大きさが、5メートルを少し超えるかという体長なのに、一際目立つクリーム色の水竜だけ、10メートル近くあったのだ。

それを見た兵士が、

「おい、早く上がれ！　一斉に走るぞ！　水竜より我らの方が数は多い！　いまだ！」

個々に行動しては、水竜と弓矢の餌食になると判断した者が、そう命令した。

いっせいに岸に上がり、走り出すザビーン兵士。

弓矢が降り注ぎ次々と倒れる兵士達。

だが、矢が飛んでくるのを上手く避け、水竜からも逃れたザビーン帝国兵が数十人。

この部隊の手練れ達だった。

ザビーン帝国の手練れ達は、一気に見張り塔に向けて走りだす。

城の警備をしていた、スネークス城の兵士が対抗するが、城全体を警備していたため、別棟である、見張り塔という目標を知られてしまった事態に、遅れを取る事になってしまう。

塔の警備をしていた兵士達は、狭い通路をうまく使い、少数ながらなんとか対抗していたが、数が違い過ぎた。

ジワジワと見張り塔の兵士が、健闘虚しく散っていく。

見張り塔の最上階に居る、王妃ソーナリスとそれを守るかのように立ち塞がる、スネークス城の兵士達。

そしてその中に、片腕の無い兵や片脚の兵士達が多数居るのに、ザビーン帝国の兵達は違和感を覚える。

「お前達、我らが受けた恩を返す時がきたぞ！」

右腕の無い兵士がそう言うと、

「「おお！」」

と、周りにいる兵士が声を上げる。

「行け！」

右腕の無い兵がそう言うと、別の左腕の無い兵士が、槍を脇に抱えて突っ込んでくる。

「そんな体で私達を止められるとでも思ったか！」

ザビーン帝国兵の槍は、左腕の無い兵の槍を弾き飛ばして、その兵士の腹に刺さる。

「ぐはっ！　か、勝てるとは、思ってないさ！」

槍を刺された片腕のスネークス兵は、そう言ってザビーン帝国兵の槍を右手で掴むと、

「今だ！　俺ごとコイツを射殺せ！」

と叫んだ。

その声に、下半身の不自由な兵士達が、弓につがえた矢を放つ、

「なっ!?」

それに驚いた、ザビーン帝国兵から声が漏れる。

次々と飛んでくる矢を受け、片腕の兵士を貫いたザビーン兵士が倒れる。

「コイツら死兵（死を覚悟した兵の事）か！」

ザビーン帝国兵が、目を見開いて叫ぶ。

「我らスネークス陛下に救われた者。陛下の最愛のお方を守るためなら、この命、喜んで差し出す！　腕や脚を失った我らを、他の兵と同じように雇って下さった陛下に、恩を返せるのだ！　兵士として死を迎える名誉まで下さった！」

そう言ってまた1人、槍を構えて走ってくる。

「くそっ！」

舌打ちしながら手に持つ槍を、座っている脚の無い弓兵に投げつけたザビーン兵。

足が不自由なため避けることができない弓兵に、その槍が刺さった。

「マルケス！」

槍が刺さった弓兵を呼ぶ声がする。

「すまん、先に逝く……後を頼む……」

「任せろ！」

体の不自由な兵士達は奮闘した。

狭い通路に立ち塞がり、自らの肉体を盾とし、ザビーン帝国兵がソーナリス王妃に近づくのを、必死で止めていた。

その奮闘で何人かを倒したのだが、地力の差は如何ともし難い。

徐々に人数を減らし、すでに見張り塔の一番上の行き止まりまで押し込まれていた。

兵士も、もう数人しか残っていない。

「くっ、このままでは陛下に顔向けできん！　なんとかソーナリス様を」

そう言った時、漆黒の翼竜が城の中から飛び出してきた。

「よ、翼竜だとぉ!?」

ザビーン帝国の兵士が驚愕の声をあげた。

「プー！　卵は？」

ソーナリスがプーに向かって叫ぶと、
ギャー！

と、プーが鳴いた。

ソーナリスにはその鳴き声が、なんと言っているのかはわからない。だが、想像する事はできた。

「孵ったの？」

と、聞くソーナリスに、

ギャ！

と、短く鳴いたプーが、視線をザビーン兵士に向けると、
ギギッ
と、またさらに短く鳴いたプー。

その鳴き声と共に口から吐かれたモヤ。

ザビーン帝国兵の体は、その黒いモヤに包まれ消えた。

唯一、堀に飛び込まなかった指揮官は、飛び出して来た翼竜を見て、慌てて逃げたのだが、治安維持隊の平兵士によって、その命を終わらせた。

その指揮官の名は、マックス・ファン・ザビーン。帝国第４皇子だった。

「みんな、ありがとう、貴方達のおかげで、私は無事。どうお礼を言っても、死んだ者は生き返らないけど……」

ソーナリスが、自分を守ってくれた兵士達に礼を言う。

「直接お言葉を返す無礼をお許しください。ソーナリス王妃、我らはスネークス陛下の恩に報いただけです。お気になさらぬよう。普通ならまともに働けず、のたれ死んでいてもおかしくない我らを、城壁警備隊として雇って頂き、給金も正規兵と全く同じ。こんな恵まれた人生を送れるとは思っておりませんでした。死んだ者達も、満足して逝ったはずです。大儀であったと言って頂ければそれで満足です」

負傷兵隊を束ねる男が、代表してソーナリスに言うと、

「皆の者、大儀であった！」

と、それに応えたソーナリス。

「有り難きお言葉」

と、その隊を纏める者が片膝を突き答え、その後ろに控える者達は、それぞれが出来る恰好で臣下の礼をとる。

皆が同じ形を取れずとも、その忠誠心はソーナリスには充分伝わった。

〰〰〰

「ポー様達、お疲れ様です！」

クスナッツが、見張り塔から大声で叫ぶ。

「ポーちゃん達ありがとう〜」

ソーナリスもポーに声をかける。

倒したザビーン帝国兵達を食べながら、ポーが尻尾を、大きく振って応えた。

微かに笑っているように見えたのは、気のせいであろうか？

パトリック達、スネークス王国軍の快進撃は続く。

ぴーちゃんを見て、抵抗する兵士は決して多くはなく、また弓矢や槍で抵抗する者が現れても、ぴーちゃんの鱗に傷1つ付けることすらできなかった。

蛇行して進むぴーちゃんの体に撥ね飛ばされ、全身打撲で倒れる兵士。

それを見て降伏する兵士や領主に、属国の国王。

帝国の中央から東側が、スネークス王国に占領されるのに2週間も掛からなかった。

後に言う、2週間戦争である。


未占領の属国から、挟み撃ちされるのを防ぐために、スネークス王国軍がザビーン帝国の属国に派遣されていき、パトリックについてくる部隊は減っていく。

その後、中央にある砂漠を迂回するのに多少日にちがかかりはしたが、帝国の帝都、メンタル王国で言う王都に辿りつくのに10日。

帝都をぐるりと囲む防護壁。

それをぴーちゃんの尻尾の二撃で破壊すると、空いた穴からスネークス王国軍が突入した。

「逃げる者は捨て置け！　向かってくる兵士のみ斬れ！　目指すは城にいるであろう皇帝とその一族！　エルビス！　ワイリーン！　上手くやれよ！　ミルコは馬車隊と共に、補給と負傷兵の救護を！　カナーン、ディクソンはミルコと行動し、馬車隊や負傷兵を守れ！」

パトリックの叫びに、

『御意！』

と、声が返ってくる。

「よし！　突撃っ！」

ぴーちゃんの頭の上に立つパトリックが叫んだ。

蛇行して進むぴーちゃんは、上機嫌そのもの。

ぴーちゃんのスピードに、馬隊が全速力で続く。

敵からいっせいに放たれた弓矢を、ランスではたき落とすパトリックと、何もせずに撥ね返すぴーちゃん。

続く馬隊は矢の届かない位置で一旦止まり、敵の矢の雨が止むのを待っている。

ぴーちゃんの体当たりにより、帝都内に布陣していた弓兵達が吹っ飛んでいく。

それにより、矢の攻撃がまばらになった頃合いに、突撃していく馬隊。

ぴーちゃんの体当たりの被害に遭わず、両翼に展開していた兵士達に、毒蛇隊達が襲い掛かる。

次々と倒れるザビーン帝国兵士達は、逃げる兵士まで出てくるが、逃げる者はパトリックの言いつけ通り見逃している。

スネークス王国兵達は、確実にザビーン帝国の城に近づいていた。

どんどん減る兵士達を、城から見ていたザビーン皇帝は、玉座に戻ると、

「ネルギス！　あのバケモンをなんとか出来んのかっ！」

と怒鳴る。

まだ城の城壁内に、スネークス王国軍は侵入していないが、城壁の外は巨大な蛇の魔物と、スネークス王国軍の兵士が走り回っていたのだ。

怒鳴られたのは、ザビーン帝国軍の元帥である、第1皇子ネルギス・ファン・ザビーン。

なお、次期皇帝の最有力候補者ではあるが、決まってはいない。だからこそ、第2皇子や第4皇子は、手柄を立てようと前線に赴いたのだ。

「弓矢は刺さらないし、槍や剣などは近づく事すらできず、城のバリスタで狙ってみたのですが、尻尾で弾かれてしまうのですっ！」

と、父親である皇帝に言うと、

「一基で狙うからだ、全てをあのバケモノに向けろ！」

と皇帝が息子に指示する。

「やってます！　ですが、全て弾かれるのです！」

「ならばバケモノの頭に乗ってる、不気味なやつを矢で狙え！」

「それが父上！　先程忽然と姿を消しました！」

「なにっ!?　どこにいったのだ！　城に潜入させておるまいなっ！」

「分かりません！」

「分からんで済むかっ！　ええぃ、兵士を呼べ！　ここを厳重に警備させろ！」

「はっ！」

ネルギス第1皇子の命令で、兵士は皇帝が座る玉座を囲むように、配置される。

「父上、私もお側にて御守り致します」

と、1人の男が現れる。

「ふん、ルドルフか。お前が役にたつのか？　メンタル王国侵攻に失敗したお前が。ネルギスが、お前を出せと言ったから出してやったのだぞ？」

そう、以前パトリックに捕まって捕虜となり、送還された後は幽閉されていた第3皇子だ。

「スネークス王国は、私に屈辱を与えたあの男が王です！　ヤツの顔は忘れません！　それに戻らぬアレックス兄上やマックスよりは働けます。さらに私は切り札を手に入れております」

ルドルフがそう言うと、

「ふん、好きにしろ」

「ありがたき幸せ。父上のお役に立って、汚名返上いたしとうございます」

そう言ってルドルフは、茶髪の背の高い1人の男を連れてきて、皇帝の近くで見張らせた。

パトリックは、気配を消して城の城壁に近づいてゆく。

見かけた兵士を斬りながら。

すでに返り血で真っ赤に染まった鎧。

だが、誰かに気が付かれる事もなく、ゆっくり歩きながら淡々と敵の喉を斬っていく。

まるでその土地が、元から赤土だったかのように、地面が血の色に染まっていく。

城の城壁の門に辿り着いたパトリックは、固く閉ざされた鉄の門を見て、他に侵入できそうな場所を探すことにする。

横の通用門も鉄製で、燃やす事もできない。

というか、ザビーン帝国兵士が負傷して戻ってきて、門の前で中に入れろと叫んでいるのに、門を頑なに閉ざしているザビーン帝国のやり方に、苛立ちを覚えたパトリック。

国のために戦って怪我をしたのに、負傷兵の手当てをしていないのだ。

「そんなに自分達の命が大事か。偉そうに命令するだけで、兵士が命を張るはずなかろうに」

呟きながら城壁沿いに歩くが、一周回っても入れそうな場所を何も見つけられなかった。

だが、パトリックが歩いて一周回った時間は、スネークス王国の兵士達が、ザビーン帝国兵士達を無力化するのに、充分な時間であった。

まあ、大半はぴーちゃんなのだが。

城壁の上から降り注ぐ矢の射程外に、スネークス王国軍が待機している。

「主！　あらかた片付けたよ」

降り注ぐ矢を全身に受けながら、少しも痛そうではなく、逆にくすぐったそうにしているぴーちゃんが、パトリックを見つけて声をかけてきた。

「お！　ぴーちゃんご苦労さん！　こっちは侵入する場所が無いから、どうしようか悩んでるところだよ」

と、ぴーちゃんに労いの言葉をかけるパトリック。

「そんなの私にまーかせて！」

ぴーちゃんはそう言うと、ザビーン帝国の負傷兵が集まっている鉄製の正門に、負傷兵ごと体当たりをした。

グチャという肉の潰れた音のすぐ後に、ドンと門にぶち当たる音がし、門が開くのではなく、門のまわりの城壁ごと崩れた。

「主！　開いたよ！」

と、ドヤ顔のぴーちゃん。

「さすがぴーちゃん！」

とパトリックが言ったが、

「開いたと言うより、潰したが正解でしょうね」

２人？　の声が聞こえた、兵士達を指揮していたワイリーンが少し呆れて言う。

「お前達は兵士を無力化しろ、無駄に命を散らすなよ。無理に攻めるな！　ぴーちゃんが暴れた後から入れ！」

そう言って、パトリックが気配を消して歩き出し、ザビーン帝国兵の脇を素通りして、城の内部に入っていく。

ぴーちゃんは兵士達が登るであろう、城壁の内側の階段を使い、お腹の鱗を引っ掛けながら器用に登っていく。

上から落ちてくるザビーンの兵士達に、哀れな目を向けるワイリーン達は、馬を降りて城の入り口に向け歩きだす。

すでにパトリックが城内に侵入しているとは、露程も知らない、城の入り口付近に配置されたザビーン帝国兵士が、果敢に攻撃を仕掛けてくる。

ワイリーン達、スネークス王国軍とプラム獣人軍の共同部隊と、ザビーン城防衛隊の戦闘が始まったのだが、鍛えられた腕前のスネークス王国兵と、優れた身体能力を持つ獣人軍兵は、城の外にいるザビーン帝国兵達を、危なげなく斬り捨てる。

それを見た一部の兵は、諦めて武器を捨て手を上げて投降、捕縛されていく。

一方、気配を消して城内に潜入していたパトリックは、目立つ鎧の上に黒いマントを羽織り、細心の注意を払って、ゆっくり廊下を歩き、皇帝のいるであろう玉座を探していた。

「この城、デカ過ぎないか？　ウチの3倍以上ありそうだ」

小声で呟くパトリック。

何度か迷いながらも、ようやく多数の兵士が廊下を警備している場所を発見した。

ポケットから、小瓶を取り出し、剣鉈とククリナイフに中の液体を塗ると、廊下の両側に立つ兵士の間を、音も無く走り抜けた。

兵士達に軽い切り傷をつけながら。

小さな痛みに声を上げた護衛の兵士達だったが、その後大きな呻き声に変わる。

次々に倒れる、玉座の間に続く廊下を警備していた兵士達に、玉座の間の入り口を警備している兵士達が、慌てて槍を構える。

だが、その槍を構えた兵士の首から、突然血飛沫が舞う。

それを見たルドルフ第3皇子は、

「曲者が侵入したはずだ！　探せっ！　この背中に走る寒気はヤツだ！　スネークス王だ！　ボンリック！　ヤツを探せ！」

ルドルフ第3皇子の叫びに、室内に居た者が騒然とする中、ルドルフ第3皇子が連れて来た男、ボンリックが室内を見渡し、小さな弓矢を構えすぐさま矢を放った。

このボンリックと呼ばれた男、パトリックが普通の兵士だった頃、街道掃除の時に倒した盗賊達の生き残りである。流れ流れて帝国に行き着き、帝国軍に入隊していたのだ。

そして、あちこちから聞こえてくるスネークス王国の噂や、スネークス王の話を聞き、スネークス王が、今まで何度も遭遇していたあの男だと、認識したボンリック。

「俺はスネークス王を見つける事ができるんだぜ！」

と、言いふらしていた。

開戦した後、ザビーン帝国兵士の間で、すぐさま噂になるようになっていた、スネークス王の特技、気配を察知されない事。

それを、自分は見つけられると自慢していたのだ。

それをルドルフ第3皇子が聞きつけ、ルドルフ個人の護衛として配置転換されたのだ。

なお、このスネークス王の特技の噂を信じる軍や帝国の上層部は居なかった。

気配を消せる訳がない。やられた兵士達の言い訳だと、切って捨てたのだ。

信じたのは、直にパトリックを見た事があるルドルフ第3皇子だけであった。

放たれた矢は、入り口から数メートルの場所にいた、パトリックの右眼に向かって飛んだ。

矢に気が付いたパトリックは、すでに避ける時間が無い事を悟った。

大勢の兵士がひしめく部屋の中で、護衛の兵士を斬っていたパトリック。

護衛の兵士が闇雲に振る槍を避けるため、足下を縫うように、匍匐前進で移動しながら、毒付きの剣鉈で斬って回っていたのだが、それがいけなかった。

とっさに動ける体勢ではなかったのだ。

パトリックの慢心が、警戒を怠らせたのだ。

まさに矢が、パトリックの右眼を貫く瞬間に気がついたのだった。

パトリックは、

(あ、死んだ)

と思ったのだがその時、ドンッとパトリックの心臓が、パトリック自身にも聞こえるような鼓動を打った。


そしてパトリックの視界が暗転した。

〜〜〜


「やあ！　私としては初めましてではないが、君は覚えていないだろうね、パトリック」

と、意識の混濁しているパトリックに話しかける声。

「誰だ？」

と、まだ視界が回復していないパトリックが、自分への問いかけの声に、そう応えた。

「君をこの世界に呼んだ者だ。君に分かりやすい言葉で言うと、冥界神と呼ばれる、魂を司る神だ」

その言葉と同時に、パトリックの視界が回復する。

そこには紫色のヒラヒラの服を着た、30代と思しき、漆黒の頭髪に黒い瞳の人物。

「神？　ソナをこの世界に連れてきた神とは別の神か？」

パトリックが冥界神に問いかける。

「ああ、そうだね。君の奥さんを呼んだのは、別の神だね」

「ふうん、それで？　冥界神と言ったか？　ということは、俺は死んだのか？」

「いや、死ぬ直前だね」

「直前？」

「ああ、あと０・０５秒で飛んできた矢が、君の目を貫いてそのまま脳まで達する。このまま死んで私と融合するか、もう少し生きるか選ばせてあげようと思ってね」

「融合？」

「神とは言え、不老不死ではないのだよ。あらゆる世界で自分と波長の合う者を探し、自分の管理する世界に呼んで、その世界と魂を馴染ませた後で融合し、変革、まあバージョンアップだね。そうして、悠久の時を過ごしながら世界を管理するのさ」

「つまり、俺やソナはこの世界の神と融合する為、この世界に呼ばれたのか？」

「この世界に、変革をもたらす役目もあるね」

「なるほど、もう1つ質問だ。さっき言った生きるのほうだが、俺はまだ生きられるのか？」

「うん、君との融合はまだまだ先だと思っていたし、魂がこの世界にもっと馴染んでからのほうが、こちらとしても都合が良いんでね。それに今回、君が死にかけてるのは、このバカのせいなんだよね」

そう言って、パチンと指を鳴らした冥界神。

突如現れた、鎖に縛られた露出の多い服装の美女。

綺麗な顔が、不貞腐れた表情に歪んでいる。

なお、絶望的なまでに胸が無い。露出の多い服を着ているから、よく分かる。

その美人を、横目で見ながら冥界神が、

「コイツ、嫉妬の神でね。君の奥さんの事を気に入ってたみたいでさ。君にお気に入り取られて、その腹いせに君の人生を潰そうとしてたんだよねぇ。幸い愛の神が君達夫婦に加護を降ろしてたから、直接君を攻撃できず、ダークエルフの男を洗脳して、力を分け与えてたの。そのせいで君の運命がかなり変わってしまったんだよね。コイツさえ余計なことしなければ、君がスネークス王国を宣言する事もなかったしね。服飾のやつが、あ、服飾ってのは、君の奥さんをコッチに呼んだ神ね？　で、服飾がそれに気がついて、私に報告してくれたから、取っ捕まえてきた」

そう言って、鎖に縛られている嫉妬の神のオデコに、デコピンする冥界神。

「痛い！」

と冥界神に文句を言う、嫉妬の神。

「痛いじゃない！　お前のせいでパトリックが大迷惑被ってんだ！　オマケにダークエルフが死んだからって、次に邪魔するのに使えそうなのを、洗脳しようとしてただろうが！」

　と、冥界神が怒鳴ると、

「だって私のソナちゃんをコイツが取るから！」

　と、不貞腐れて言う、嫉妬の神に、

「お前のじゃねぇ！」

　パトリックが思わずツッコミを入れる。

「なによ！　この世界にあの子が来てからずっと見守ってきたのに！　あんなに嫉妬心が強くて、独占欲の塊で行動派の貧乳ちゃん、他に居ないんだから！」

　嫉妬の神が、パトリックにそう言うと、

「俺は前世からの付き合いだ！　だいたい胸の事を言うな！　ソナが聞いたら神だろうが、確実に殺されるぞ！」

「私、死なないもーん！」

　と、ドヤ顔の嫉妬の神に、

「いや、殺せるけど？」

　と、冥界神がツッコむ。

「お願い殺さないで！　上位神のあんたには勝てないんだから！」

と冥界神に、涙を浮かべて懇願する嫉妬の神。

「ならさっさとパトリックに謝れカス！」

と、冥界神にお尻を蹴られる、嫉妬の神。

「痛いっ！　うう、ごめんね」

と、嫉妬の神がパトリックに謝る。

「はぁ、まあ良いよ。もう俺やソナにちょっかいかけないと誓えよ！」

と、パトリックが言うと、

「はーい」

と、不満そうに返事した、嫉妬の神。

「てな事で、幸い矢はまだ刺さってないから、ちょちょいと弄れば、なんとかなるよ？　どうする？」

と、冥界神がパトリックに聞く。

「ならば生きたい……またソナを置いて先に死にたくない！」

と、シッカリと意思を示したパトリック。

「良いだろう！　では生きたまえ。ただし！　私が介入出来るのは、君が生きてる間に1度だけ。つまり今回が最後だ。また私がなんとかしてくれるとは思わないように！」

冥界神がパトリックに忠告する。

「ああ、気を引き締める。冥界神ありがとう」

パトリックが頭を下げると、

「うむ。では戻りたまえ」

そう言って、指をパチンと鳴らした冥界神。

頭を下げていたパトリックの姿が、その場からフッと消える。

「頑張れパトリック。ここから見護っているよ。我が加護を受けし者よ」

そう言った冥界神の口元が、僅かに微笑んでいた。

〰〰〰

パトリックの髑髏の兜が突然、左に数センチズレた。

カーンと甲高い音を立てて、今まさにパトリックの右眼を貫こうとしていた矢が弾かれ、軌道を変えてザビーン兵士に刺さる。

「馬鹿な！　俺の狙いを外しただと!?」

ボンリックが叫びながら、次の矢を弓につがえようとする。

（冥界神、サンキュ）

と、パトリックは心の中で感謝しながら、床に這いつくばっていた体を起こすと、弓に矢をつがえようとしていたボンリックに向かって走り出す。

右手に握っていたククリナイフを、矢を弓につがえ終えて、放とうしていたボンリックに投げつける。

ボンリックがそれをかわすと、その拍子につがえていた矢が、明後日の方向に飛んでいく。

弓矢を諦めたボンリックが、腰の片手剣を抜くと、パトリックに斬り掛かってきた。

ボンリックのその剣を、剣鉈で受けたパトリック。

その時、ボンリックの剣に見覚えのある家紋を見つけた。

それは麦の穂をイメージした家紋。

パトリックがよく知る家紋。

「お前、この片手剣、どこで手に入れた？」

パトリックが、ボンリックに聞く。

「俺の母親が、後生大事に隠し持っていた物だ。俺の父親が母に渡したものらしいが、馬鹿な母親の事だ。おおかた騙されていたのだろう。貴族を騙《かた》るヤツの愛人になり、俺を身籠った時に捨てられたのさ」

パトリックはいったん後ろに下がり、

「確認しなかったのか？　どこの家の家紋かを」

と問いかける。

「ちょっと前にしたさ。なんでもメンタル王国のリグスビーとかいう潰れた家だとさ。まあ、潰れるような弱小貴族だ、大した給金も払えないだろうし、そこの使用人が持ち出した物だろ。だいたい貴族が俺の母親のような巨漢を相手にするはずないしな！」

ボンリックは、そう叫んでパトリックに斬りかかる。

それをまたも剣鉈で受け止め、

「コイツらを裏切ってウチに来るなら、優遇してやるぞ？」

と、ボンリックに提案するパトリック。

「ウチのカシラを殺したお前に、はいそうですかと従う気は無い！　カシラは俺の父親代わりだった！　お前はその仇だ！」

ボンリックが叫びながら一旦剣を引き、もう一度斬りかかってきた。

「仕方ない。ならば死ね」

ボンリックの剣を右手の剣鉈で受け止め、左腰の刀を左手で逆手に抜き、ボンリックの腹を切り裂く。

ボンリックの左腹が切り裂かれ、血があたりに飛び散る。

倒れたボンリックの後頭部に、鉄板入りブーツのつま先で蹴りを入れてから、周りを見渡すと、そこにルドルフ第3皇子の顔を見つけたパトリックは、

「よう！　負け犬の第3皇子ルドルフじゃないか。久しぶりだな。幽閉されてるって聞いてたが、

まだしぶとく生きてたのか？　わざわざ俺に殺されにきたのか？」

と、ルドルフに話かけるパトリック。

「うるさい！　皇位継承権を放棄して、兄のために働くと言って出してもらったのだ！　貴様に復讐するチャンスを得るためにな！」

パトリックを睨みながら腰の剣を抜き、ルドルフが叫ぶ。

「ほう！　やれるもんならやってみろ！」

そう言って、殺気を解放したパトリック。

パトリックの殺気を全身に浴びて、

「ヒッ……」

と、小さく声を漏らし後退りするルドルフ。

パトリックが歩いてルドルフに近づくと、

「くっ、来るな！」

そう言ってルドルフが剣を振り回す。

それを剣鉈で弾き飛ばすと、さらに近づき腹に一発蹴りを入れる。

腹を押さえて倒れた、ルドルフ第3皇子。

パトリックは、右手に握っていた剣鉈を、ルドルフ第3皇子の腹に投げつけた。

腹に刺さったパトリックの剣鉈は、ルドルフ第3皇子が床を転げ回ることにより、さらに傷口を大きくし、血液が床を赤黒く染めていく。

パトリックは、ルドルフ第3皇子に興味を無くし、近くにいる兵士を左腰から抜いて左手で持っていた刀で、次々と斬り捨てながら、

「お初にお目にかかる、ザビーン皇帝陛下。スネークス王国国王、パトリック・フォン・スネークスだ。その命貰い受けに来た！」

そう言って、玉座から逃げようとする皇帝の背中に、左手で逆手に持っていた刀を、右手に持ち替え、渾身の力で投げつけた。

刀が背中に刺さった皇帝が、叫び声を上げて床に倒れる。

「父上！」

その光景を見て、思わず声を上げたネルギス第1皇子。

「父上？　貴様コイツの子か？　ならば死ね！」

そう言って、ネルギス第1皇子に近づこうとしたパトリックに、

「まて！　皇帝の位をお前に譲る！　な！　頼むからネルギスを殺さないでくれ！」

と、皇帝が息子の命乞いをする。

「それ、似たようなことをエルフやドワーフ、獣人達が言ったと思うが、お前はそれを聞き入れたのか？」

パトリックがザビーン皇帝に言うと、

「奴らは人ではなく、亜人だ。言う事を聞く必要はない。人族はこの大陸の覇者だ。数多き者が支配するのが、生物の摂理だ。人が豚の子を殺すのに、豚の鳴き声に耳を傾けるか？」

と、ザビーン皇帝が言う。

「なるほどな、一理ある」

と、パトリックが言うと、

「な！　そうだろうそうだろう！」

と、少し安堵した顔の皇帝に、

「とでも言うと思ったかクソ野郎！」

と、皇帝の顔面に助走をつけた、ドロップキックを入れるパトリック。

吹っ飛んだ皇帝の背中から、カランと刀が抜け落ちた。

ザビーン皇帝は、なんとか体を起こし這うようにパトリックに近づきながら、

「わ、私や息子を生かしておけば何かと有利だぞ。まだ支配していない国には、私から話を通してやるし、息子のネルギスは宰相としても、軍の指揮官としても優秀だぞ。今後の統治に無駄な作業が減るぞ」

鼻が潰れたのだろう、ダラダラと鼻から血を流して皇帝が言う。

「いつ裏切るか分からんやつを、手元に置くつもりは無い！」

そう言って、ザビーン皇帝に近づくパトリック。

「まて！　まってくれ！　そうだ、娘を！　娘をやる！　歳は12だが年齢より幼く見えるし胸も無い！　聞いてるぞ！　そういうのが好みなのだろ？」

そう言って、両手をパトリックの静止を促すように、自身の前に突き出したザビーン皇帝。

「人をロリコンみたいに言うな！」

そう言ってパトリックは、皇帝の首めがけて、右回し蹴りを喰らわせる。

ザビーン皇帝が吹っ飛び、ネルギス第1皇子の目の前に倒れてきた。

ネルギス第1皇子は、地面に転がった父親を見て、

「ひぃぃぃいいっっ」

と、悲鳴を上げながら剣を抜き、パトリックめがけて走り寄る。

パトリックはネルギス第1皇子が振り下ろした剣を、体を開いてかわす。

かわされたネルギス第1皇子が、慌てて止まろうとしてつんのめる。

が、勢いを殺せず、うつ伏せに倒れたネルギス第1皇子。

パトリックは、倒れたネルギス第1皇子の頭を、鉄板の入ったブーツで思いっきり蹴り飛ばした。

鈍い音がし、ピクピクと痙攣するネルギス第1皇子。

「貴様っ！　よくも息子をっ！」

倒れていた皇帝が起き上がり、怒りに我を忘れ自身の左腰にある、皇帝の証でもある短剣を抜いて斬り掛かってくる。

パトリックはその短剣をかわすと、皇帝の腕を掴み手繰り寄せて右肩に担ぎ、柔道でいう一本背負いをかける。

ザビーン皇帝の体が、弧を描くように舞い、背中から床に叩きつけられる。

その衝撃で、皇帝の手から短剣が離れ床に転がる。

皇帝は叩きつけられた衝撃で、まだ動けない。

いや気を失っているのかもしれない。

パトリックはゆっくり歩いて、落ちた皇帝の短剣を拾うと、仰向けに倒れたままの皇帝の喉に、突き刺した。

喉から流れ出る、皇帝の血液を見つめてパトリックは、

「だいたい側室とかソナにバレてみろ、俺は生きたいと願ったのに、すぐあの世に送られちまうわっ！」

誰も聞いていない呟きだった。

何故なら、その部屋で生きている者は、すでにパトリックだけなのだから。

第十六章　スネークス帝国

帝都からさらに西に軍を進めた、パトリック達スネークス王国軍だが、ソーナリスとの約束の30日を越えてしまっていた。

プーの背中の籠に、２匹の翼竜のチビ達を乗せ、ペーの背に乗ってパトリック達が占領した地域を、隈なく飛んでパトリックを探しまわったソーナリス。

「よ、翼竜だとぉ！　こんな時にっ！」

プーとペーを見た、まだスネークス王国に降伏していなかった、ザビーン帝国の属国の王達は、弱り目に祟り目と最悪のタイミングを嘆いた。

だが、スネークス王国軍の前に、翼竜が降り立ったのを見て、

「チャンスだ！　奴らを蹴散らしてくれれば勝てる」

と、思ったら、

「ソーナリス王妃！　直接お声掛け失礼します！　陛下はここには居られません」

と、ここを攻めていた、スネークス王国軍の指揮官だったホールセー男爵が叫ぶ。

「そうなの?!　どこ行った？」

その声に、

「我々は途中で分かれて、別行動ですのでわかりかねますが、おそらく西に向かっておられるはずです！」

と、ホールセー男爵が答える。

「わかったわ。まあプー達は飛ぶの速いし、しらみ潰しに探していくわ、じゃあね！　あ、プー達に敵を潰してと、お願いしていこうか？」

と、ソーナリスが言うと、

「えっと、全滅させると後々問題が起きそうなので、我々でやります」

「そう？　じゃあね」

ソーナリスが飛び立った後、白旗を持った使者達が、スネークス王国軍に近づいてくる。

「聞きたい事がある！」

白旗を持った先頭の男が叫ぶ。

その一団の中に、どう見ても王にしか見えない者が居るのは、気のせいであろうか？

「なんだ？」

ホールセー男爵がそう言うと、

「あの翼竜は？」

と、問うてきた。

「我が陛下の使役獣だ」

と言うやいなや、

「降伏します！」

と、一団の中に居た、王と思われる人物が即答したのだった。

ソーナリスの行動は、プーとペーという巨大な翼竜の存在を、帝国内に隈なく見せつける事になる。

そしてそれは、スネークス王国に逆らう気を失くさせる効果があった。

〰〰〰

「主、プーとペーの匂いがする」

ぴーちゃんが、次の属国に移動中のパトリックに言うと、

「あ！　もう1ヶ月たった？」

と、パトリックが焦る。

「経ちましたね」

と、ミルコが言った。

その時、空気を切り裂く音と共に、東の空から迫る物体、いや翼竜。

「来たよ〜」

その背中から聞こえた声の主に、パトリックは拉致された。

丸一日後、再びザビーン帝国の制圧に戻ってきたパトリックと、付いてきたソーナリス。

パトリックの顔は、目の下に隈ができており生気は無く、ソーナリスの肌艶はツヤツヤピカピカだったという。

それから2日で、ぴーちゃんとプーぺーと共にザビーン帝国を制圧した、パトリック達スネークス王国。

ザビーン帝国の滅亡と、スネークス帝国樹立を宣言し、旧スネークス王国は、スネークス王国とそのまま呼称し、旧ザビーン帝領をスネークス王家直轄領とし、他のザビーン帝国に属していた国を、そのまま属国としてスネークス帝国内に取り込む。

プラム王国も、スネークス帝国所属プラム王国となる。

旧ザビーン帝国で奴隷として迫害されていた、エルフ、ドワーフ、獣人達を解放し、同時に亜人という呼称を禁止し人族も含めて人の仲間、略して人間と呼称するように決めた。

全ての属国を従え、生き残ったザビーン皇子達を支持する、少数の抵抗勢力を圧倒的な戦力をもって、まあ、プーとぺーにぴーちゃんだが、これでもかと痛めつけてこの世から排除し、スネークス帝国内が安定した時、パトリックは、スネークス帝国の西にあるエルフの大国に、大使を派遣する事にした。

「アストライア、不可侵条約と友好条約、この2つを頼む。エルフの国を攻めるつもりもないし、差別するつもりもない。向こうの王族との伝手のあるお前が、一番適任だろう？　兄上殿に宜しく伝えてくれ」

と、パトリックが、元メンタル王国王都の屋敷の執事、現スネークス帝国城総責任者、アストライアに言った。

「お館様、いえ皇帝陛下。ご存じだったのですか？」

と、アストライアが、パトリックに問いかける。

「そりゃお前、自身の魔法を血筋の割に貧弱とか、自分で言うから」

と、パトリックが笑いながら言うと、

「確かに言った記憶がありますが、それだけで？」

と、アストライアが目を見開く。

「他の者にも聞いてみたが、お前の魔法、普通以上に高度らしいな。普通は矢のスピードを上げるくらいで、方向まで変えるのは至難の業だとさ。だがそれを貧弱と言われるとなると、より強力な魔法が使える王族かなってな。で、アイン達に調べてもらった。王位争いを避け、国から出奔した第2王子の容姿にクリソツだとさ」

　と、パトリックが言った。

「参りましたね。分かりました。私、アストライア・バーデンローズは、スネークス皇帝陛下の命により、バーデンローズ王国にスネークス帝国の使者として赴き、友好条約と不可侵条約の締結をして参ります」

　と、力強く言ったアストライア。

「うむ、ではここでお前に爵位を与える。名をアストライア・フォン・バーデンローズ伯爵と改めてもらい、バーデンローズ王国大使に任ずる！　頼むぞ！」

　パトリックがそう言うと、

「はっ！　謹んで拝命致します」

　と、敬礼して答えたアストライアは、その後バーデンローズ王国に赴き、２つの条約を恒久的条約として成立させたのだった。

　なお、アストライアは、パトリックが山で拾ったダークエルフの女性、グレースと結婚した事もここに記す。

　あの時に一緒にいた幼い女児ノエルは、ザビーン帝国に滅ぼされた、西の小国ソロモン王国王家の、唯一の生き残りである王女であったことを、護衛兼侍女の役目をしていたグレースから婚姻後に聞かされる。

そして、その50年後、成人したノエルとも婚姻したことにより、皇帝直轄領であった旧ソロモン王国領は、アストライアの領地となり、名をアストライア・フォン・バーデンソロモンと改名し、バーデンソロモン国として、スネークス帝国の属国になることになるのだが、それはまた別のお話。


〜〜〜〜〜〜


スネークス帝国国内が、静けさを取り戻して暫し経った頃、パトリックとソーナリスはスネークス帝国の南側に来ていた。

「ぴーちゃんさあ、あの山壊せない？」

と、パトリックがぴーちゃんに言う。

あの山とは、スネークス帝国の南側に位置する、高く長い山脈の事だ。

南からの湿った空気を、この山脈が邪魔しているため、内陸に雨が降らないのだ。

そのため、スネークス帝国の中央は広大な砂漠となっている。

さらに山脈の南側は、毎年大雨による洪水で甚大な被害が出るため、人の住めないジャングルである。

「んー？　ぺーに山を凍らせて貰えば砕けるかなぁ？　プーに消して貰うのはダメなの？」

と、ぴーちゃんが言うと、

「山の土を砂漠に撒きたいんだよ。砂だけじゃ、作れる作物が決まってくるから」

と、パトリックが答える。

「なるほどね。ペー、あの山凍らせて」

ぴーちゃんがペーに言うと、
ギャャッ？

と、ペーがぴーちゃんに、何やら問いかける。

「一回で無理なら、何度かに分けてくれていいよ。そのほうが土運ぶのにも都合いいし」

と、ペーがぴーちゃんに言った疑問に、パトリックが答える。

ギャ！

ペーが鳴いて山脈の中央、山頂に雪の積もる、一番高い位置を見つめた。

ふわりと飛び立つと、高度をグングン上げて、一番高い山頂に降り立つと、翼を広げたまま口から白いモヤを吐き出す。

山頂付近などは、もともと雪で白かったが、その範囲が下の方まで広がり、変化したように見える。

その変化は、徐々に下に広がっていき、森林限界より下にたどり着くと、生えている木々が明らかに凍っているのが、パトリック達の目でも確認できた。

「ちょっと肌寒い……」

パトリックは、思わずそう呟いた隣に居たソーナリスに、自分の上着を脱いでかけてやる。

「ありがとう」

ソーナリスが、パトリックに言うと、

「いいさ、ソナは今は身体を冷やしてはダメな時期だろうしな」

と、優しく微笑んだパトリック。

ぴーちゃんはぺーが戻ってくると、山をスルスルと登りだす。

「てか、めちゃくちゃ寒いんだけど！　誰よ凍らせたら壊せるとか言ったのは！」

と、叫んでいるが、自分である。

「さて、尻尾でガンガン吹き飛ばしてやるか！　砂漠に土を運ぶとか言ってたから、そっちに飛ばせば、仕事も早いわよね！　主にいっぱい褒めて貰えるわっ！」

と、気合いを入れて、山頂辺りから少し下方向の山を尻尾でぶん殴る。

殴った部分が砕けるように飛び散った。

想像してみて欲しい、半円型ではなく山型に切ったスイカの頂点から少し下に、齧りついた状態を。

「よし！　次は逆側を！」

ドンッ！

そうしてΩ状になった山頂部分を、一段降りてぴーちゃんが尻尾で殴る。

ドーンッという音とともに、山の塊が飛んでいった。

そんな作業を繰り返すぴーちゃんと、飛んでいく塊を口を開けて上を向いて見ているパトリック達。

「ねえ？　パット」

と、ソーナリスがパトリックに問いかける。

「なに？」

と、ソーナリスを見つめるパトリック。

「あの塊、どこに向かって飛んでるのかしら？」

「あの方向だと、中央の砂漠？」

「中央の砂漠まであの塊を取りに行って、土を各地に運ぶの？　中央まで行くのに水がどれだけ必要なのかなぁ？」

と、疑問を投げつけたソーナリス。

「あ！」

と、気が付いたパトリック。

「ね？　ちょっと止めてきたら？　プー、ちょっとパットをぴーちゃんのところまで運んであげて！」

慌ててパトリックは、プーの背に乗り、上昇していく。

「ぴーちゃん！　待った！　あんなに飛ばさなくていいから！　もっと手前に落として！　南側から徐々に広げていくつもりだから！　てか、張り切り過ぎ！」

と、叫んだパトリック。

「ええ!?　そうなの？　ごめーん」

ぴーちゃんが少しションボリしたのだった。

その後、山が低くなり丘に変わり、その結果、大陸中央部まで雨が降るようになる。

数年にわたり、崩した土を砂漠に運んだ事で、スネークス帝国は砂漠を広大な農地に変えることに成功する。

そして、一番初めに飛ばした山の塊は、スネークス帝国の奇跡の証として、砂漠のど真ん中に落ちていた場所に、そのままの形で残されることになった。

スネークス王国が、旧ザビーン帝国に侵攻した1年後。スネークス帝国樹立から11ヶ月後。

「はい！　息んでー！」

と、女性の声がとある部屋に響く。

「ヴヴヴッ」

「もう少し！　髪の毛見えてるから！」

「ヴヴヴァァッ」

「あと少し！」

「痛ったあああいぃぃぃっ！」

その叫び声と同時に、赤子の泣き声が響いた。

「はい！　おめでとうございます！　元気な男の子でございます！　ソーナリス皇妃」

そう言われて、助産師に抱かれた子供を見たソーナリス。

「私の子、髪の毛黒いね」

そう言って、助産師から我が子を渡され、そっと抱き抱えて微笑んだソーナリス。

〰〰〰

数年後……

スネークス帝国上空を、縦横無尽に飛び交う4匹の翼竜。プーとペーにその子供達だ。

その翼竜の姿を見上げる帝国の民は、その背に乗っているかもしれないスネークス皇帝に、感謝の気持ちを捧げる。

国内の税率が、国や領地によって違っていたのを、スネークス王国と同じ税率にさせ、民の負担が大きく減った。

その分、属国の力は減るが、各国の反乱を抑える目的も、それにより達成されている。

さらに中央砂漠が農地に変わったため、スネークス帝国の食糧事情は劇的に良くなった。

飢えとは無縁の国に変わったのだ。

4匹の翼竜がスネークス王国と、スネークス帝国の城をわずか数時間で行き来するため、パトリックがどちらに居るのか分からないのも、反乱抑制に功を奏している。

旧ザビーン帝国城を改築した、スネークス帝国の城の玉座に座る、黒髪黒い瞳の男が、自家製のハチミツ梅酒をロックで飲みながら、

「兵士を頑張った。のんびり生きてる。今日も平和だ。これぞスローライフ」

と、自分の子供達が広い玉座の間で、頭をパトリックに撫でられて恍惚の表情をしているぴーちゃんの体に、体当たりして笑いながら遊ぶのを眺めつつ、楽しそうに笑った。


〰〰〰〰〰〰〰〰〰〰〰〰〰〰〰〰〰〰〰〰

パトリック・フォン・スネークス改め、パトリック・ファン・スネークス。

スネークス帝国の初代皇帝として、その後1200年も続く、スネークス帝国の礎を築いたのち、80歳でその生涯を閉じる。

妻との間に1人の男児と、2人の女児をもうけ、男児はメンタル王国の貴族、カナーン侯爵当主

の長女を妃に迎える。

人族初の魔法使いデコース・フォン・カナーン。

その長女は、15歳で火魔法を極める才女であった。

のちにスネークス王家の血筋には、代々魔法使いが生まれることになる。

なお、デコース・フォン・カナーンの血を受け継ぐ者達は、わずか10歳で魔法を使う能力に目覚め、

〔30歳まで、とある経験が無いという事が、能力が発現する条件では？〕

という、魔法学者の推測を否定することになり、人族の魔法能力の発現条件は、未だ解明されていない（笑）。

娘2人のうち上の娘は、親友のウェイン・フォン・サイモンの長子と結婚。

下の娘は、ミルコ・フォン・ボアの長子と結婚している。


ソーナリス・ファン・スネークス（帝国では皇帝の妻もミドルネームを持つ）。

スネークス帝国初代皇帝の唯一の妻。

独特のファッションスタイルは、最後まで大陸に浸透しなかったが、スネークス家では、その服装が正装とされ、死後も脈々と受け継がれていく。

小説家としても活躍し、その著書はベストセラーばかりである。

主な著作に、〈エリオの悲劇〉〈死神の笑顔〉〈逆襲のパトリック〉などがある。

享年70。


ぴーちゃん。

パトリックやソーナリス亡き後、数百年もの間、スネークス帝国の守護神として、パトリックの子孫達を見守る。

成長し続けた体は、50メートルを超えた。

が、ある日忽然と姿を消した。

一説には、石炭を使った蒸気機関による、大気汚染に嫌気がさしたからだ、という話もあるが、真相は謎のままである。

同時にプーとペーも姿を消したので、一緒に行動していると推測されている。

なお、プーとペーの子供ブーとベー2匹は、今もなお大陸上空を飛び回っている。

ポーや五十音達は、今もスネークス王国の城の堀で、のんびり暮らしている。

体長20メートルを超える水竜達。

パトリック・ファン・スネークス。

彼の事を【赤い死神】と呼ぶ者は、もうこの大陸にはいない。

スネークス帝国樹立後、パトリックはこう呼ばれた。

魔物を使役する王、略して……

魔王と。

『転生したら兵士だった?!～赤い死神と呼ばれた男～』　完

書き下ろし　ぴーちゃんの徒然《つれづれ》なる日常3

「ねえママ、本当にいいの？」

と、上空から声がする。

「いいのいいの。主の子孫を見守るのも飽きたし、空気は汚れてるし、最近ご飯も減ってきてたし、ちょうどいいわ」

と答えた声の主は、海面を泳いでいる。

「ご飯が減ったのは、ママが手当たり次第に食べまくったからじゃ？」

先ほどの声とは別の声が、上空から言った。

皆さんが察するとおり、ぴーちゃんとプーとペーである。

「違うわよっ！　人がオークを狩りすぎて減ったのよ！」

と、ぴーちゃんが言う。

「ママは食べる量が多いしなぁ」

プーが言うと、

「たかが月にオーク100匹じゃないの！」

ぴーちゃんが、何か問題あるのかと不満気に言った。

「それより本当にこのまま南に行けば、大きな大陸があるんでしょうね？　餌がいっぱいの新大陸が！」

ぴーちゃんがプー達に問いかける。

「それは僕達が実際に見てきたから、間違いないよ！　オークやトロールがいっぱい居て、竜もいっぱい居たよ。訪れた僕達に、〝こっちで暮らせば？〟って、誘ってくれた大きな翼竜王さん、良い竜っぽかったしさ」

と、プーが答える。

「ならいいのよ。ところで私と同じ種のバイパー居た？」

と、ぴーちゃんが言うと、

「それは見てないなぁ」

と、ぺーが答えた。

「いいオスが居るといいんだけどなぁ」

ぴーちゃんが期待の声を上げる。

「い、居るといいね……ママ」

ペーが戸惑いながら、そう言った。

そんなこんなで、3匹は海を移動する。

新大陸での新たな生活に、胸を膨らませて。


「ほら！　見えてきたよ、ママ」

プーが言うと、

「海面に居る私には、まだ見えないんだけど？」

と、ぴーちゃんが返す。

「たぶんあと100キロくらいかな」

ペーがそう言うと、

「なら後2時間くらい泳げば到着かな？　そろそろお腹減ってきたんだけどなぁ」

と、ぴーちゃんが言う。

「さっきクラーケン食べたじゃない」

ペーが、何言ってんのとツッコむ。

「あの白い悪魔のやつ、私に突っかかってきやがって、ムカついたわ～味は良かったけどね」

「あれ食べてるのに、もうお腹減ったって、おかしくない？」

ペーが言うと、

「確かその前にも、背中から潮吹いてた、変な生き物丸飲みしてたよね？」

と、プーが思い出す。

「ああ、マッコウクジラね。クラーケンを餌にしてるデカイクジラよ。アレも美味しかった～」

と、味を思い出したのか、口からヨダレを垂らすぴーちゃん。

「ママの胃袋ってどうなってんの？」

プーの言葉に、

「私の胃袋は無限の宇宙なのよ！」

と、ドヤ顔のぴーちゃん。

「うちゅうって何？」

プーが疑問を口にする。

「空の星がある場所よ」

「月が浮かんでる所？　一回月まで行こうとしたけど、途中で息が出来なくなって、諦めたんだよねぇ」

「プー、よく死ななかったわね」

「え？　あのまま行ったら死ぬの？」

「多分、大気圏に入ったら、燃え死んでたと思うよ？　よく知らないけどさ」

「たいきけんって何？　てか、ママって物知りだよね？　なんでそんなに色々知ってるの？」

「ママは生きるの3度目だからね。1度目は、地球って所で人として。2度目はアスノべって所で竜王やってたのよ。まあ、その記憶が戻ったのは、主と出会ってから暫く経ってからだったけどね」

「ふうん、なんか難しくてよくわかんない」

プーは考えるのを放棄した。

「ようやく到着！　疲れた〜」

ぴーちゃんが言うと、

「ほらママ、さっそくあそこにトロールが！」

と、ぺーがぴーちゃんに言う。

「ほんとだ！　美味しそう！　まて〜私のご飯！」

ぴーちゃんを見て逃げるトロールを、凄まじいスピードで追いかけ、とっ捕まえたぴーちゃん。

「この大陸、まさに夢の国ね〜！　ご飯食べ放題だし！」

1年後、体長100メートルを超えたぴーちゃんが、大きな身体を大きな湖に浮かべながら言った。

「ママ、湖に浮かぶの好きだね」

ぺーが、ぴーちゃんに言うと、

「だって、いつ何時、良いオスのバイパーが現れるか分からないじゃない？　身体を綺麗にしておかないとね！　乙女は綺麗でいたいのよ！」

そう返したぴーちゃん。

ぺーは、ぴーちゃんに聞こえないように、こっそり呟いた。

「いいオスが居ても……ママとは子供出来ないじゃないの……だってママは……オスだもん……」

ぴーちゃんの徒然なる日常　完

あとがき

皆様、約半年ぶりでしょうか？

師裏剣です。

『転生したら兵士だった?!～赤い死神と呼ばれた男～』３巻をお買い上げ頂き、ありがとうございます。

皆様のおかげで、この物語を最後まで書籍として、発売出来た事に、改めてお礼申し上げます。

買ってくれた読者の方達、本当にありがとうございます。おかげで3巻発売出来ました。

当初、書籍化にあたりコミカライズの打診の時に、コミックアース・スター編集部の方には、30万文字程度だと、漠然と予想して伝えていたこの物語でしたが、書いていくうちに、作者の予想を上回り、文字数が増えてしまいましたが、楽しんで頂けたでしょうか？

物語を始める時に、ラストシーンだけ決めて、行き当たりばったりで書き進めていたので、30万文字ぐらいなら、2巻で終わっていたはずなのですが、書いてたら「アレも書きたい、コレも書きたい」と、伸びてしまいました。

ただ、ダラダラと話を伸ばすのは嫌だったので、作者の思い描いたラストシーンに辿り着いた時点で、終わりとさせて貰いました。

間延びしても、面白くない話になるだけだと思うので。


さて、この物語には、隠しテーマがありました。

それは【逃げる事の大事さ】です。

1巻の中で、逃げたボンリック。

パトリック達から、逃げたからこそ生き延びたのです。

物語の中でも、パトリックは度々、「逃げる者は捨ておけ、向かってくる者だけを斬れ」みたいな事を言っていたと思います。

諺でも、【逃げるが勝ち】ってありますよね。

私も好きな、どこかの作品で、「逃げちゃダメだ」ってセリフがありますけど、逃げずに死ぬより、逃げて生き延びて、次のチャンスを待つ方が良いと思うんです。逃げるのは悪ではありません。

逃げる事が出来る時ならば、しっかり判断しましょう。

コレは戦闘の話だけではありません。

イジメをするクラスメイトが居たなら、逃げて下さい。耐えて身体や心を壊すより、逃げて教育委員会に通報して下さい。怪我させられたら警察に被害届を出して下さい。それは傷害罪ですから、泣き寝入りはダメですよ！

ＳＮＳで誹謗中傷されるなら、ＳＮＳから逃げてアカウントを変えるか、削除して下さい。

貴方が生きている事が大事です。

貴方の命を大事にして下さい。

死ぬ事を選ばないで下さい。

そんな事を少し思いながら、書いた作品でした。

まあ、ボンリックは最後に選択を間違えてしまいましたけどね。

ネタバレになりますが、ボンリックはパトリックの異母兄弟ということになります。

つまり、パトリックは自身の母親以外の親兄弟を、全て死に追いやったことになります。

自分に害を与える身内など、捨ててしまおうってことを言いたかったのです。


さて、コミカライズの話ですが、２巻の時にそろそろと書きましたが、だいぶ延びてようやくです。

『転生したら兵士だった?!～赤い死神と呼ばれた男～』一月一四日からコミックアース・スター様で連載開始しました。皆様チェックしてくださったでしょうか？

カラーイラスト、カッコ良かったですよね！

私の中では、1話で小躍りしてるパトリックが可愛かったです。
これを書いている時点では、2話のラフを確認したところです。
3話が楽しみで仕方がないです。

3巻では、この世界の大陸の地図を載せさせて貰いました。
この地図はパトリックが軍に入った時点のものです。
私の描いた地図を手直しして貰いましたが、ザビーン帝国の大きさと、メンタル王国だけでも、オーストラリアぐらいの国土がある事を分かってもらえると思います。

さて、最後になりますが、変わり者の捻くれ者が紡いだこの物語に、関わって頂いた全ての方に感謝し、またどこかで出会える事を祈りつつ、巻末の挨拶とさせて頂きます。

本当にありがとうございました。

令和3年2月某日

師裏剣

がココにある。
私の従僕
私、能力は平均値でって言ったよね!
二度転生した少年はSランク冒険者として平穏に過ごす
～前世が賢者で英雄だったボクは来世では地味に生きる～
転生したらドラゴンの卵だった
～最強以外目指さねぇ～
戦国小町苦労譚
領民0人スタートの辺境領主様
毎月15日刊行!!
https://www.es-novel.jp/

あなたの"好き"
反逆のソウルイーター
～弱者は不要といわれて
剣聖（父）に追放
されました～
転生した大聖女は、
聖女であることをひた隠す
冒険者になりたいと
都に出て行った娘が
Sランクになってた
即死チートが
最強すぎて、
異世界のやつらがまるで
相手にならないんですが。
人狼への転生、
魔王の副官
アース・スター ノベル
EARTH STAR NOVEL

EARTH STAR NOVEL
虫唾が走る！
反逆のソウルイーター
～弱者は不要といわれて剣聖（父）に追放されました～
The revenge of the Soul Eater.

待望のコミカライズへ
コミックアース・スターで連載開始!!

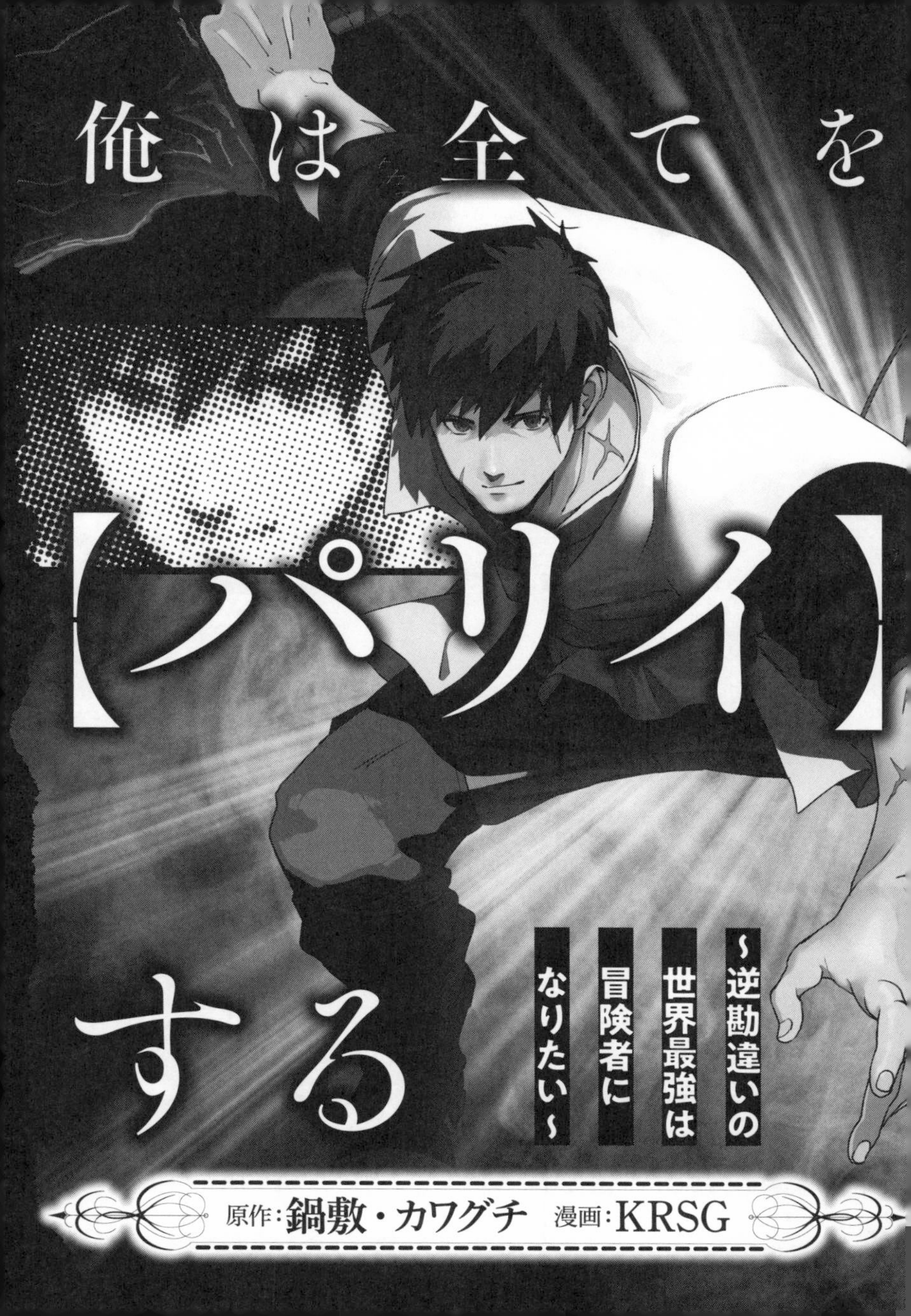
俺は全てを
【パリイ】
する
～逆勘違いの
世界最強は
冒険者に
なりたい～
原作：鍋敷・カワグチ　漫画：KRSG

EARTH STAR NOVEL

転生したら兵士だった？！
～赤い死神と呼ばれた男～　3

発行 ―――――― 2021年3月15日　初版第1刷発行

著者 ―――――― 師裏剣

イラストレーター ―――― 白味噌

装丁デザイン ―――― 舘山一大

発行者 ―――――― 幕内和博

編集 ―――――― 古里 学

発行所 ―――――― 株式会社 アース・スター エンターテイメント
〒141-0021　東京都品川区上大崎 3-1-1
目黒セントラルスクエア　7F
TEL ：03-5561-7630
FAX：03-5561-7632
https://www.es-novel.jp/

印刷・製本 ―――――― 中央精版印刷株式会社

ISBN 978-4-8030-1506-5